簡素な生活

一つの幸福論

シャルル・ヴァグネル
大塚幸男　訳
祖田　修　監修

講談社学術文庫

監修者まえがき

これは丁度百年前、アメリカとヨーロッパを中心に、空前のミリオン・セラーとなった本である。そうとは知らず、私はこの本を、河原町三条でバスを待ちながら、古本屋の店先に並べられた百円均一の本の中から、何気なく取り上げ購入した。『簡素な生活』というその題名から、農村生活様式でも推奨するのであろうか、と考えたのである。だが、研究室に入って少し読み進んでみると、これは現代文明そのものを鋭くついた文明批判の書であり、一人ひとりの生き方を示唆する、奥の深い啓示の書だったのである。

しかも、現代にそぐわない内容や表現もなくはないが、百年を隔ててなお、ほとんどそのまま私たちの胸に突き刺さってくるものがあるのは、どうしたことであろうか。私は学術文庫について相談を受けたとき、すぐに本書のことが頭に浮かんだのである。

訳者によれば、著者のヴァグネルは一八五二年にフランス北西部アルザス地域に生まれ、パリ、ストラスブール、そしてドイツ・ゲッチンゲンなどで学び、プロテスタント系の牧師となった。しかし一八八二年教会からは離れて自由な宗教活動を続け、やがて一九〇七年「魂のふるさと」という寺院を創設、社会事業に献身した。とくに、近代フランス初等教育を宗教から独立させ、無月謝の義務教育として確立させた功績が大きいとされる。こうして、牧師としてよりは、むしろ自由な一人の市民として、本書は書かれているのである。

ヴァグネルには本書の他、『正義』、『青春』、『剛毅』、『生きるすべを学ぶために』など人生を論じた多くの著作がある。人間としての真の生き方を追求し、問いかけ続けた倫理の人、行動の人であったと言えるであろう。本書は、ヴァグネルがある結婚式でしたスピーチを聞いていた出版社の人が、その趣旨をぜひ本にするように懇請、半年後に刊行された。

刊行後、本書はヨーロッパ各国で翻訳され読まれただけでなく、アメリカでも小説家グレイス・キングによって名訳がなされ、当時の大統領セオドア・ルーズベルトの目にふれた。本書に感激したルーズベルトは、「私たちが心に銘記すべきことをこれほど多く含んでいる書物は、私の知る限り他にはない」と国民に推奨、ヴァグネルをアメリカに呼び、自ら壇上に立って紹介するほどの熱の入れようであった。ヴァグネルはこの時のことを、「合衆国への美しい旅」と書いている。これを機に本書は、アメリカでミリオン・セラーとなり、再びヨーロッパで広く読まれた。日本では、フランス文学者の大塚幸男氏（一九九二年没）の訳により、白水社から『簡素な生活』として一九五三年に刊行された。今からみるとやや古い表現もあるが、なかなかの名訳と言ってよいと思う。

簡素な生活とは何かについては、読者自ら確かめてもらうしかないが、心身ともに人間らしい在りようを追求することと言えよう。ヴァグネルもいろいろな表現をしているが、「人間として第一義的なものを求めること」、「人間の高い運命を完成しようと憧れること」などとも言えよう。ワーズワースが目指した「低く暮らし高く思う」という言葉も、同じ思想を語っているように思う。同じくアメリカの大統領フーバーは「日本には、もったいないという独特の言葉がある。これは英訳不可能で、私たちはこの言葉に多くを学ばなければならない」と語ったと言われる。私は近頃、東洋的ないしは仏教的な「少欲知足」、いわゆる「足るを知る」という言葉に深く打たれているが、いずれもヴァグネルの思想に通じるもののように思う。

私は、比叡山腹で小さな農業を営んできた、今は亡き松井静一氏から多くを教えられたが、とくに「土に着く」ことの重さに思い至った。私は松井氏の教えを凝縮し、

「着土」という造語によって私の学問的・思想的な営みの原点に置いている。現代文明はその二百年を超える歴史の中で、私たち人類に多くの豊かさ、とりわけ物的な豊かさをもたらした。それは、自由な市場社会における工業発展と都市拡大の過程とも見うるが、その過程で人類はまた多くのものを失った。

文明の発展とともに、私たちは持てば持つほどいっそう欲望を膨らませ、いわば経済の魔性にとりつかれた。私たちは、人間の幸福を経済的幸福と考え、経済動物となり果て、幸福の幅を自ら限定した。文明が発展すればするほど、私たちは他方で土から離れ、土の素朴な温もりや、匂いを忘れた。そして自然から遠ざかり、大自然を科学技術の支配下に置いたと勘違いし、傲慢となり、かえって今自然のしっぺ返しを受けて、人類の生存・存続に関わるほどの環境問題、生命の問題に直面している。二一世紀の文明と文化は、改めて土に着き、大地・自然、農業・農村を基礎にして再構築されるべきではないか、二一世紀はまさに「大地の世紀」、「着土の時代」である、というのが私の考えである。私にとって、ヴァグネルの主張は、宗教の違いをこえて「着土」の思想そのものに思われるのである。

私たちはここまで来れば、もはや自然に抱かれ、自然に叱られ、自然とともに、ただ無心に暮らすことは不可能になっている。いわば「土着」の時代に戻ることは出来ない。だからこそ、ますます自覚的に土に着くこと、つまり「着土」によってしか、二一世紀再生の基盤を築くことは出来ないと考える。ヴァグネルも、「われわれはわれわれの祖先と同じ形において簡素であることはできないにしても、同じ精神において今なお簡素であることができるのであり、あるいはふたたび簡素になることができる」と書いている。私が本書を取り上げたいと思ったのも、まさにこの点に尽きるのである。読者は、さざ波のように心に沁み入って来るヴァグネルの言葉に、虚心に耳を傾けてみて欲しい。

なお、監修するにあたり、当時のフランスの独特の表現や訳者の文章を尊重したが、現在ではわかりにくい点や、やや差別的表現もあるため、訳者のご親族のご了解を得て最小限の字句の修正をおこなった。

二〇〇一年一月二日

祖田　修

初版のはしがき

熱のために消耗させられ、のどがからからに渇いた病人は、眠っているあいだにすがすがしい小川の夢を見て水を浴びたり、澄んだ泉の夢を見てごくごく飲んだりするものです。ちょうどそのように近代生活の複雑な動揺の中で、われわれのくたくたに疲れた魂は簡素を夢見ます。

この美しい名で呼ばれるものは、永遠に消え去った宝なのでしょうか？　わたくしはそうとは思いません。もし簡素ということがごく稀《まれ》な時代にだけあった何らかの例外的な事情に結びついているものであったら、それを今なお実現させることはあきらめなければならないでしょう。もろもろの文明をその起原の方へ引きもどすわけにはゆかない。それは濁った波の立つ河を、はんのきの枝々が水源の上にさし交わしていた静かな小さな谷の方へ引きもどすわけにはゆかないのと同様です。けれども簡素はこれこれの特殊な経済的あるいは社会的条件に依存するものではなく、むしろ多種多様な生活を活気づけてこれを変えることのできる一つの精神なのです。われわれの無力な哀惜で簡素というものを追っかける羽目《はめ》に陥るどころか、われわれはそれをわれわれの決心の対象となし、われわれの実際的なエネルギーの目的となすことができるということを、わたくしは断言します。

簡素な生活をあこがれることは、まさに人間の最も高い運命を完成しようとあこがれることとです。より多くの正義とより多くの光とを目ざしての人類のあらゆる動きは、同時により簡素な生活への動きでした。そして芸術や、風俗や、思想における古代人の簡素さがその比類のない価値をわれわれにとって持ちつづけているのも、それがいくつかの本質的な感情や、いくつかの永遠に変らない真理を、力強く浮き彫りにするに至ったからにほかならないのです。このような簡素さを愛さなければなりません、そしてそれを敬虔《けいけん》に持ちつづけるように努めなければなりません。けれども外面的な形だけに甘んじて、精神を実現するに努めない人は、簡素の道の百分の一の道程を来た者にすぎないでしょう。実際われわれはわれわれの祖先と同じ形において簡素であることはできないにしても、同じ精神において今なお簡素であることができるのであり、あるいはふたたび簡素になることができるのです。われわれは祖先のとは異なった他の小径《こみち》を歩いています。けれども人類の目的は根底においてはやはり同じなのです。帆船に乗っていようと蒸気船に乗っていようと、船乗りを導くのは依然として北極星なのです。

われわれの持ち合せの手段によってこの目的の方へ歩くこと、これこそ今も昔と同じく最も大切なことです。そしてわれわれがわれわれの生活を混乱させ、複雑ならしめたのも、この目的からしばしば外れたからなのです。

簡素についてのこの全く内面的な考え方を読者にも抱かせるのに成功することができたら、わたくしの努力も無駄ではなかったことになりましょう。読者のある者は考えるでしょう、このような考え方が風俗や教育に滲みこむべきであると。そうした人々は、まず自分自身のうちにこのような考え方を培《つちか》い、われわれの人間たることを妨げるあの習慣のいくつかを、このような考え方の犠牲に供することでしょう。

あまりにも多くの邪魔になる無用なものが、われわれの心をあたため生々《いきいき》させてくれるべき真理と、正義と、温情との理想から、われわれを隔てています。すべてこうした茨《いばら》の茂みが、われわれを――われわれとわれわれの幸福とを庇《かば》ってやるという口実のもとに、われわれから光をさえぎることになってしまったのです。われわれはいつの日になったら、複雑にも不毛な生活の、人の目をくらます数々の誘惑に対して、「そこをどいてくれ、日が射さないから」というあの賢者の答をさし向ける勇気が持てるでしょうか?

一八九五年五月、パリにおいて

シャルル・ヴァグネル

目次

母上の霊にささげます

シャルル・ヴァグネル

Titre original :
LA VIE SIMPLE.
Auteur :
CHARLES WAGNER.
Éditeur:
ARMAND COLIN.
Date:
1895.

簡素な生活——一つの幸福論

第一章　複雑な生活

お祖母さんの部屋

ブランシャール家では上を下への大騒ぎです。それも実際無理はありません！　イヴォンヌ嬢が火曜日に結婚するのに、今日は金曜日なのですから！

贈物をたずさえた訪問客や、あつらえの品々をいっぱい抱えた出入りの商人たちが際限もなくやって来ます。奉公人たちはくたくたに疲れています。両親と未来の夫妻はどうかといえば、もはや生活どころではなく、住みなれた自宅にじっとしてはいられない始末です。昼間は仕立屋、服飾店、室内装飾屋、家具屋、貴金属店、さては画商の店や建具屋に行かなければなりません。そこから、事務所から事務所へと駆けずり回り、書生たちが役にも立たぬ書類のかげで謄本を作っているのを眺めながら、自分の番を待たなければなりません。それがすむと、めいめいあわてて自分の家に駆けもどり、ひと続きの儀礼の晩餐のために身づくろいをしなければならないのです。婚約の晩餐、紹介の晩餐、結婚の契約の晩餐、夜会、舞踏会といったものです。真夜中ごろにくたくたになって戻るのですが、家には最後になって着いた品々や、山のような手紙類が待っています。お祝いの手紙や、挨拶の手紙や、新郎新婦の付添いを頼んであった少年少女の断わり状や、おそくなった出入りの商人の詫び状なのです。それから最後の瞬間の差し障りが持ちあがります。突然、誰かが死んで婚礼の列席者の序列が乱されるとか、友だちの花形女優が困った風邪をひいてオルガンに合せて歌えなくなった、などという不測の出来事です。こうなると、また最初からやり直さなければなりません。気の毒なブランシャール家の人々よ！　この人々はいつになっても準備が出来上らないでしょう。人々はしかし、すべてを考え、すべてを予見しておいたと思っていたのですのに。

やがてもうひと月このかたブランシャール家の人々の生活はこのようなありさまなのです。もはや息をつくこともできず、一時間と心をひそめることもできず、静かな言葉ひとつ交わすこともできない。いや、これは生活ではありません、これは……。

幸いなことにお祖母《ばあ》さんの部屋があります！　お祖母さんは八十歳になろうとしています。お祖母さんは多くの苦しみをなめ、たいへん働いて来ましたので、高い知性と情愛の深い心とを持った人々が人生について獲得するあの落ちついた確かさで、物事をまともに見ることができるようになっています。ほとんどいつもその肘掛椅子《ひじかけいす》にかけて、お祖母さんは瞑想的な永い時間の静けさを愛しています。ですから家じゅうに吹きまくっている忙しい嵐も、お祖母さんの部屋の戸口の前でうやうやしく止んだのです。このかくれ家の敷居《しきい》の上では人声も鎮まり、足音も控え目になります。こうして、若い婚約者たちはしばし騒ぎを避けようという時には、お祖母さんの部屋に逃げて来るのです。するとお祖母さんは二人にいいます。

——かわいそうに！　あなた方はなんていらいらしているんだろうねえ！　少し休んで、二人きりになるがいいよ。それがかんじんのことだからねえ。ほかのことはつまらないことなんだよ、気をとられるほどのことではないんだよ！

二人の若い人たちも、それを痛感しています。ここ数週間、いくたびか、二人は、ありとあらゆる種類の仕来《しきた》りや、無理な要求や、無益なことどものために、自分たちの愛を犠牲にしなければならなかったではありませんか！　二人は因果にも、自分たちの生涯のこの決定的な瞬間に、唯一の本質的なことから絶えず心を引き離されて、第二義的な無数の心づかいに駆られなければならないことに苦しんでいます。だから二人は、お祖母さんが愛撫と微笑とのあいだに次のように言われると、お祖母さんの意見はまことにもっともだと思うのです。

——子供たちよ、全くのところ、世の中はあまりにも複雑なものになって来ているよ、しかもそのために人間が今までよりも仕合せになることはないんだからねえ……
いいえ、それどころではないんだからねえ……。

増大する欲求

わたくしもこの立派なお祖母さんの意見にくみする者です。揺籃《ゆりかご》から墓場に至るまで、その欲求においても快楽においても、また世界と自分自身とについての考え方においても、近代人は数知れぬ複雑なものの只中《ただなか》でもがいています。もはや何一つ簡素なものはなくなりました――考えることも、行動することも、遊ぶことも、死ぬことでさえも。われわれはわれわれの手で、無数の困難を生活につけ加え、そしていくつかの快適なものを生活から取り去ったのです。わたくしは現在、あまりにも不自然な生活の結果に悩んでいる同胞が幾千となくいることを確信しています。それらの人々の不快な気持がどんなものであるかということを示そうと努め、それらの人々が簡素をなつかしがって漠然と苦しんでいるのを励ましたら、それらの人々はわれわれに感謝するでしょう。

われわれが人々に認めさせようと思っている真理を浮き彫りにして見せてくれる一連の事実を、まずかぞえあげてみましょう。

生活の複雑化は、われわれの物質的欲求の多様さにおいてわれわれにあらわれています。この世紀のあまねく認められた現象の一つは、われわれの欲求がわれわれの富源とともに増大したということです。それはそれ自身では悪いことではありません。ある種の欲求が生れることは、実際、一つの進歩を示すものです。からだを洗ったり、清潔な下着を着たり、衛生的な住宅に住んだり、一種の心づかいをもって身を養ったり、自分の精神をつちかったりする必要を覚えることは、卓越の一つのしるしです。けれどもその発生が望ましいものであり、生活に対して権利を持っている数々の欲求があるにしても、また他方、不幸な影響を及ぼし、寄生虫のようにわれわれを食いものにして存在している欲求があります。われわれをあくせくさせるのはこの後の欲求の数々と、この後の欲求の横柄《おうへい》な性格なのです。

もし人あってわれわれの古代人に向い、人類は今日その物質生活を維持し守るために自由にしている一切の器具を、いつかは持ち合せるに至るであろうと予言することができていたら、古代人はそこから結論して、その暁には第一に人間の独立が、従って幸福が増大するであろうとなし、第二に生活の福祉を求めての競争も大いに鎮まるであろうとなしたことでしょう。そしてそれから古代人は、それらの完成した行動の手段を持ち合せるに至った結果である生活の簡素化によって、より高い徳性の実現も可能であろうと考えることができたでしょう。しかるにそうしたことは何一つ実現していない——幸福も、社会の平和も、善のためのエネルギーも、一向にふえてはいないのです。第一に、あなた方の同国民は、全体として、その祖先よりも満足しており、明日という日をいっそう確信しているようにあなた方には見えるでしょうか？わたくしは彼らがそうあるべき理由を持っているだろうかどうかと説いているのではない。実際にそうなのかどうかと訊いているのです。彼らの生活ぶりを見ていると、わたくしには彼らが大部分その運命に不満で、何よりもまず物質的欲求にあくせくし、明日への心労に取り憑かれているように思われます。人々がむかしよりもよい物を食べ、よい着物を着、よい家に住むようになってこのかた以上に、生活と食事の問題が痛切であったことはなく、また唯一の問題であったことはありません。「何を食べよう？　何を飲もう？　何を着よう？」という問題は、パンもなく身を寄せるところもない明日を思って苦悩にさらされている貧しい人々だけの問題であると思うのは、誤りも甚だしいものです。貧しい人々にあってはそうした問題は当然のことです。それでも貧しい人々にあっては、この問題は最も簡単な形であらわれます。現在自分たちの持っている物についての満足感が、自分たちに欠けている物を残念に思うことによって、いかに乱されているかを確かめるためには、いくらかの安楽を享受しはじめた人々のところへ行かなければなりません。そしてもしあなた方が物質的な将来についての心労を、そのあらゆるぜいたくな発展において観察したいと思われるならば、安楽な暮らしの人々や、とりわけ金持ちを見てごらんなさい。一枚の着物しか持たない女たちは、どんな着物を着ようかと最も思いわずらう女たちではなく、同じように、明日は何を食べようかと最も思いわずらう者は、必要な最小限度の食糧を与えられている人々ではありません。人間の欲求は与えられる満足によって増大するという法則の必然の結果として、人は財貨を持っていればいるほど、ますます財貨がほしくなるものなのです。

欲望のための闘い

人は普通の良識から見て明日を保証されていればいるほど、何で暮らそうか——自分と、自分の子供たちは何で暮らそうかとあくせくし、どうして子供たちや子供たちの子孫の身を固めてやろうかと思い悩む羽目《はめ》に陥るものです。身を固めた男の心配——その心配の数と、範囲と、洗練されたニュアンスとは、とうてい筆紙につくしがたいものがあります。

すべてこうしたことの結果として、いろいろな社会層を通じ、身分に従って、強烈さの程度こそ異なれ、ある一般的な動揺、ある非常に複雑な精神状態が起こって来ています。これは十二分に満たされていながら、しかも不平不満を持つ甘やかされた子供たちの気分としか言いようのないものでしょう。

　われわれはいっそう幸福にはなっていないし、またいっそう穏やかにもなっていないし、いっそう親しくもなっていません。甘やかされた子供たちはしばしば、はげしく争い合うものです。人は欲求と欲望とが多ければ多いほど、その同胞と争う機会が多いものであり、それらの争いは原因が正しくないだけ、執念深いものです。人々がパンのため、必需品のために闘うのは、自然の法則です。この法則は乱暴に見えるかも知れない、けれどもほかならぬその苛酷さのうちに一つの弁解があり、しかも一般にこの法則は初歩的な残酷さにとどまるものです。しかるに余計なものや、野心や、特権や、気まぐれや、物質的な享楽のための闘いは、それとは全く異なったものなのです。未だかつて飢えは、野心や、貪欲や、不健全な快楽への渇望が人間に犯させるような下劣な行いを人間に犯させたことはありません。利己主義は洗練されるにつれて、いっそう有害なものとなるのです。こういうわけで、今日、同胞のあいだに敵愾《てきがい》心《しん》の亢進が見られるようになったのであり、われわれの心が今日ほど落ちつきのなかったことはかつてありません。

貪欲を追求すれば

こう考えてくると、われわれはよりよいものになったかどうかと自問する必要があるでしょうか？　善の原動力は自己以外の何かを愛するという人間の能力に在るのではないでしょうか？　ところで、物質的な執着や、およそ不自然な欲求や、野心とか遺恨とか気まぐれとかの満足のために犠牲にされている生活に、隣人のためにつくすどんな余地が残っているでしょうか？　自分の貪欲の追求に没頭する人は、その貪欲を増大させ倍加させるものですから、その貪欲はその人の手に負えないほど強いものになります。その人はひとたび自分の貪欲の奴隷となるや、道徳的センスとエネルギーとを失い、善を見分けてそれを実行することができなくなります。その人は内的に欲望の無政府状態に陥り、ついにはその内的な無政府状態から外的な無政府状態が生じます。道徳的な生活とは自己を支配することであり、不道徳とはおのれの欲求や情念によって自己を支配されることなのです。こうして次第に道徳的な生活の基礎が移動し、判断の規範が片寄ることになるのです。

あまたの無理な欲求の奴隷となった人にとっては、所有することが何物にもまさった善であり、他のあらゆる善の源《みなもと》です。なるほど、所有のための激烈な競争において、人は物を持っている人々を憎んだり、所有権が他人の手にあって自分の手にない時には、所有権を否定したりするようになることもあります。けれども他人の所有している物を攻撃することに熱中することは、所有ということに異常な重大さを認めている新しい証拠です。物事や人間はついにはその金銭的価値によって、そしてそれから引き出すことのできる利益によって、評価されるようになってしまいます。何ももたらしてくれない物はすべて何の価値もなく、何も所有していない人は誰でも何の価値もない。清貧も恥ずべきものとして通りかねず、金銭は、たとい不浄な金銭でも、価値あるものにかぞえられかねない、というわけです。……こういえば反駁する人があるかも知れません。――ではあなたは、近代の進歩を十把ひとからげにやっつけ、われわれをよき古いむかしに、おそらくは禁欲主義につれもどそうとなさるのですか？　と。いや、決してそうではありません。過去をよみがえらせようとすることは夢の中での最も無益な夢であり、また最も危険な夢ですし、よく生きる術とは生活から身を退くことではないのです。

ただわれわれは、社会の進歩の上に最も重苦しくのしかかっている誤りの一つをはっきりさせ、この誤りをなおす一つの方法を見つけようと努めているにすぎないのです。この誤りとはすなわち、人間は外的な福祉の増大によっていっそう幸福になり一段とよくなるとの考え方ですが、いうところのこの社会的公理ほど間違ったものはありません。それどころか、釣り合いのとれない過度の物質的福祉によって、幸福を享《う》ける力が減り、人々の性格が堕落してゆくことは、無数の例によって証明されている事実です。一つの文明の価値如何《いかん》はその中心に位している人間の価値如何にかかっています。この人間が道徳的方向からそれる時には、あらゆる進歩も結局は病患をつのらせ、社会の諸問題をさらにもつれさせるばかりです。

人間生活に必要な掟

この原理は福祉以外の他の領域においても検証されることができます。ここでは教育と自由との領域だけについて述べましょう。人々に耳を傾けさせた予言者たちが、無知と悪い現世を神々の国に変えるには、あの古くからの同盟した三つの力、貧困と、無知と、圧制とを打ち倒しさえすればよい、と告げていた時代を思い出してください。他の予言者たちが今日また同じ予言を取りあげています。明らかに貧困が減ったにもかかわらず、人間はいっそうよくもなっていなければいっそう幸福にもなっていないことは、われわれがさきに見たとおりです。このような結果は教育に対してなされた賞賛すべき配慮によってある程度達成されているでしょうか？　今のところそうとは思えません。そしてこれこそ国民教育にたずさわっている人々の心配の種であり悩みなのです。――では民衆を愚かにし、一般の教育を廃止し、学校を閉鎖しなければならないでしょうか？　決してそうではありません。ただ教育も、われわれの文明のあらゆる機関と同じように、要するに一つの道具にすぎないのです。すべてはそれを用いる働き手の如何にかかっています。

自由についても同様です。自由は用いられ方次第で、禍《わざわ》いのもとともなれば有益なものともなります。自由は悪者たちのものとなった場合にも、いや単に乱暴な、気まぐれな、不敬な人のものとなった場合にも、やはり自由でしょうか？　自由とは緩慢にして辛抱強い内的な変化によって人が呼吸できるようになる、すぐれた生活の雰囲気なのです。

あらゆる生活には一つの掟が必要ですが、人間の生活には下等な生物の生活によりも、さらにこの掟が必要です。というのは人間と諸々の社会との生活は、植物や動物の生活よりも貴重でありデリケートであるからです。人間のためのこの掟はまず第一に外的なものですが、内的なものともなり得ます。人間が内的な掟を認めて、その掟に対して頭を下げるや否や、人間は尊敬と自発的な服従とによって、自由を享けるにふさわしいものとなるのです。強い、至高の内的な掟を持たない限り、人間は自由の空気を呼吸することはできません。この空気は人間を酔わせ、狂わせ、精神的に殺すからです。内的な掟に従って自己を導く人は、外的な権威の掟の下に生きることはできません、それはちょうど成長した鳥が卵の殻の中に閉じこめられては生きてゆけないのと同様です。けれども精神的に自分自身を支配するという点までまだ達していない人は、自由の制度の下で生きることはできません。ちょうど鳥の胎児が、自分を保護してくれる殻を奪われては生きてゆけないのと同様です。

こうしたことは全くわかりきったことで、その証拠は古いのや新しいのが絶えずわれわれの眼の前でふえてゆきつつあります。それにもかかわらず、われわれはこれほど重要な掟のほかならぬ諸要素を、やはり未だに見そこなっているのです。それなくしては一つの国民が自らを治めることのできないこの真理を、検証し、実際に体験し、時としてはいやでも見せつけられたことによって、この真理を理解している人々が――高位高官の人々たると、ささやかな人々たるとを問わず――われわれのデモクラシーの社会にどれだけいるでしょうか？　自由とは尊敬です。自由とは、内的な掟への服従です。そしてこの掟は権力者たちの専制でもなければ、群衆の気まぐれでもなく、没個性的なすぐれた規則なので、この規則の前には世の指導者たちが真っ先に頭を下げているものなのです。では〔このように自由の本質が見損なわれているとすれば」自由は廃止しなければならないということになるでしょうか？　いや、そうではない、ただわれわれを自由を享けることのできるものにし、自由を享けるに値するものにしなければならないのです。でなければ公共の生活は不可能になり、国民は放縦と規律の欠如とから、衆愚政治のこんがらがったごたごた状態へと向うでしょう。

倫理的気質の進歩

われわれの社会生活を乱し複雑にしている特殊の諸原因に眼を通してみると、それらの原因をどういう名で指すことができるにしても、――そしてそれらの原因を一々挙げれば長くなるでしょうが、――それらの原因はすべて一つの一般的原因に帰せられます。その一般的原因とはすなわち、付随的なものが本質的なものと混同されているということです。福祉、教育、自由、要するに文明の全体は、絵における額縁のようなものです。けれども額縁が絵でないことは、僧衣が修道士ではなく、制服が兵隊ではないのと同様です。絵はここでは人間なのです。しかもその最も内部のもの、その良心、その性格、その意志を具《そな》えた人間なのです。で、額縁を手入れし美化していたあいだに、人々はかんじんの絵を忘れ、なおざりにし、いためたのです。ですからわれわれは外的な財貨をやたらに与えられていて、精神生活ではみじめなのです。われわれは厳密にいえば無くても済ますことのできる財貨はふんだんに持っていながら、必要なただ一つのものについては限りなく貧しいのです。かくてわれわれの深い存在が目ざめ、愛したい、希望したい、自分の運命を成就させたいとの欲求が起こって来ると、われわれの深い存在は生き埋めにされた者のような苦悩を覚えるのです。自分の上にのしかかって空気と光とを奪う第二義的なものの堆積の下で息がつまりそうになるのです。

真の生活を取りもどし、解放し、また元のように真の生活に名誉あらしめ、すべてのものをそのあるべき序列に据え、人間の進歩の中心は倫理的教養に在ることを思い出さなければなりません。よいランプとはどういうものでしょうか？　それは最も飾りのあるランプでもなく、最もよく彫られたランプでもなく、最も貴重な金属で作られたランプでもない。よいランプとはよく照らすランプのことなのです。それと同じように、人が人間であり市民であるのは、自らに与える財貨や快楽の数によってでもなく、知的・芸術的教養によってでもなく、その享けている名誉や独立によってでもなく、その倫理的気質の堅固さによってなのです。そしてこれは要するに今日の真理であるだけでなく、あらゆる時代に通じる真理であります。

いかなる時代においても、人間はその巧智と知識とによって外的諸条件を実現させたからといって、自分の内的生活の状態を気にかけることを免れることはできませんでした。世界のすがたはわれわれの周囲で変化し、生活の知的・物質的因子は形が変ります。誰一人この変化にさからうことはできないし、この変化の急激な性格は時として危険でないこともありません。けれどもかんじんなことは、変化した状況の只中にあっても、人間が人間としてとどまり、その生活を生き、その目的に向って歩くということです。ところで、たどるべき道がどんなであろうとも、目的に向って歩くためには、旅人は脇道に踏み迷ったり、無駄な重荷にわずらわされたりしてはなりません。旅する人が自分の方向と、自分の力と、自分の名誉とに注意しますように。そして進歩するという、本質的なことによりよく身をささげるために、たといくらかの犠牲を払ってであろうとも、自分の荷物を簡素にしますように。

第二章　簡素の精神

簡素の本質とは

われわれのあこがれている簡素に帰るということが、実際上、何に存するかを述べるには、まずその前に簡素の原理そのものを定義することが必要です。というのはこの点についても今しがた指摘したのと同じ誤りが犯されているからで、その誤りとは付随的なものを本質的なものと混同し、根底を形式と混同することとです。簡素といえば何か外的な特徴があって、それらの特徴によってそれとわかるものであり、それらの特徴にこそ存するものである、と思われがちです。簡素と簡素な身分、質素な着物、豪奢でない住い、中位の暮らし、貧乏、こうしたものは一致しているかに見えます、とはいえそうではないのです。

わたくしが路上で出会った三人の男のうち、第一の者は車に乗り、第二の者は徒歩で、第三の者ははだしだったとしましょう。この最後の者が三人の中で最も簡素な人であるとは限りません。実際、車に乗っている人はその高い地位にもかかわらず簡素で、自分の富の奴隷ではないかも知れないし、同じように、短靴をはいた人は車上の人を羨みもせず、靴をはかずに歩いている人を軽蔑もしていないかも知れないし、最後に、第三の男はぼろを着て埃の中に足を引きずっていても、簡素や、労働や、節食を憎み、安易な生活と、享楽と、無為とを夢見ているかも知れないからです。

人間の中での最も簡素でない者としては、物乞《ものご》いのみに生きる人、詐欺師、寄食者、要するにへつらったり、ねたんだりする連中のすべてを挙げなければなりません。こうした手合いの願いはつまるところ、地上の幸福な人々が消費しているあの分《ぶん》捕品《どりひん》の、できるだけ大きな一片を摑めるようになりたいということなのです。そしてどんな環境に属するかを問わず、やはりこの同じ範疇《はんちゅう》に入れるべきは、野心家や、ずるい男や、女々《めめ》しい男や、けちん坊や、傲慢な男や、極端に洗練された男です。外形の如何は問題ではなく、心を見なければなりません。どんな階級も簡素という特権を持っているわけではなく、どんな服装も、それがいかにつつましいものに見えようと も、簡素というものの確かなしるしではありません。《簡素》の住むところは必ずしも屋根裏部屋ではなく、またあばら屋でもなく、苦行者の密室でもなく、最も貧しい漁夫の舟でもありません。生活のあらゆる形の下、あらゆる社会的地位を通じて、上層と下層とのわかちなく、簡素な人々とそうでない人々とがあります。

といっても、《簡素》は何ら外的なしるしで表わされるものではない、《簡素》はその特別な態度、その固有の趣味、その風習を持たない、というのではないのです。けれども、簡素でない人も必要とあれば《簡素》から借りて来ることのできるこれらの形と、簡素の本質そのもの及び簡素の深い根源とを混同してはなりません。この根源は全く内的なものなのです。簡素とは一つの精神状態です。それはわれわれを活気づける中心の意図に在るのです。ある人の最高の心がかりが自分のあるべきものであろうとすることに存している時には、すなわちただ単に人間であろうとすることに存している時には、その人は簡素なのです。

それは容易なことだ、あるいは不可能なことだ、と思われるかも知れません、けれどもそれほど容易なことでもなく、それほど不可能なことでもありません。要するにそれは自己のあこがれと行為とをわれわれの存在の掟そのものと一致させること、従ってわれわれを存在させようと欲した《永遠の意図》と一致させることに在るのです。花は花、燕は燕、岩は岩であってほしいということ、そして人間は人間であってほしく、狐や、兎や、猛禽や、豚であってはならないということ、それがすべてなのです。

人間の理想

このように述べてくると、人間の実際的理想は何かということを申さなければなりません。あらゆる生物の生活において、力と実質とのある量が一つの目的のために結び合わせられているのが見られます。多かれ少かれ粗雑な材料の数々がそこで変形し、組織のあるすぐれた段階へと導かれます。人間の生活についてもこれと異なるものではありません。こうして人間の理想は生活を生活そのものよりも偉大な宝物に変えることに在るということになりましょう。われわれは人間の生活を一つの原料にたとえることができます。この原料そのものは、それから引き出されるものほど重要ではないのです。芸術品の場合と同じように、そこで評価するべきは、作者がそこに何をこめることができたかということです。

われわれはいろいろなものを授かって生れます。ある者は黄金を、また他の者は花崗岩を、第三の者は大理石を、そして大部分の者は木材や粘土を授かっています。われわれの任務はそれらの原料を加工するに在るのです。誰でも知っているように、われわれは最も貴重な物質をそこなうこともできますが、また、価値のない原料から不朽の作品を引き出すこともできます。芸術ははかない形を借りて、永久に変らない一つの観念を実現するに在ります。真の生活はすぐれた宝物の数々、すなわち正義、愛、真理、自由、さては倫理的エネルギーを、われわれの日常の活動において実現するに在ります。その日常の活動の場所や外形がどんなものであろうとも。そしてこのような生活はどんな社会的条件においても、また生れつきの才能がどんなに異なっていても、可能なのです。生活の価値を成すものは身代や個人的優越ではなく、われわれがそれらのものから引き出す利益です。輝きは長さと同じく生活の価値に貢献するものではありません。質こそ、かんじんなのです。

この見地にまで高まるには、努力と闘いなくしてはかなわぬことだという必要がありましょうか？　簡素の精神はわれわれが受け継ぐ財産ではなく、勤勉な征服の結果なのです。よく生きることは、よく思索することと同様、簡素化することです。誰でも知っているように、科学は、いろいろな《場合》の錯綜した全体から、いくつかの一般的法則を引き出すことを目的にしています。けれどもそれらの法則を発見するまでには、いかに多くの暗中摸索をしなければならないことでしょう！　幾世紀もの探求も一頁に収まるような一つの原理に凝縮することがしばしばです。倫理的生活はこの点で科学者の生活と非常によく似ています。

《倫理的生活》も最初は一種混沌としていて、自らを試み、自分自身を探し、そしてともすれば誤ります。けれども人間はいろいろやってみて、自分の行為の秘密を真剣に会得することによって、ついには生活というものをよりよく知るようになります。掟が見えてくるのです、そしてその掟とは、自分の使命を果たすということです。この目的の実現以外のことに身を入れる者は、生きていながら生活の存在理由を失う者です。利己主義者や、道楽者や、野心家がそれなのです。彼らは生活を消費しているのです、ちょうどまだ穂も出ない麦を食べる人のように。彼らは生活がその実を結ぶのを妨げているのです。彼らの生活は失われた生活です。これに反して、生活をすぐれた宝のために奉仕させる人は、生活を与えることによって生活を救う人です。

表面しか見ない人々の眼には独断的なもののように見え、われわれの熱烈な生活欲を邪魔するために出来たもののように思われる倫理の諸教訓も、要するにその目的はただ一つ、すなわち無益に生きたという不幸をわれわれに免れさせてくれるためのものにほかなりません。そのためにこそ、それらの教訓は絶えずわれわれを同じ方向につれもどすのであり、それらの教訓はみんな同じ意味を持っているのです。お前の生活を濫費するな、お前の生活をして実を結ばせよ！　という同じ意味を。生活を棒にふるのを防ぐために生活を与えるすべを知れ。この言葉に人類の経験は要約されます。各人が自分のためにまた繰り返さなければならないこの経験は、各人が高価な犠牲を払って得たものであればあるほど、各人にとって貴重なものとなります。

この経験によって光明を与えられて、各人の倫理的足どりはいっそう確かなものとなり、各人はその行動の指針とその内的規範とを持って、その内的規範にすべてを引きもどすことができるようになります。そしてこれまで不確かで、取りとめがなく、複雑であったのが、簡素な人間となります。各人のうちで大きくなってゆき、毎日、事実において検証されるこの同じ掟の不断の影響によって、各人の判断と習慣に一つの変化が起こります。

簡素から生れる秩序

真の生活の美しさと偉大さとにひとたび捉えられ、真理や正義や温情のためのあの人類の闘いにある聖なるもの、感動的なものにひとたび捉えられると、それらのものの魅力は心にとどまって忘れられません。そしてこの強い執拗な心がかりに、すべてが自然に従属するようになります。権力と力との必然の階層が各人のうちに組織されます。本質的なものが命令し、付随的なものが服従し、かくて秩序が簡素から生れましょう。内的生活のメカニズムはこれを軍隊のメカニズムにたとえることができましょう。軍隊は規律によって強いのですが、規律は下級の者の上官に対する尊敬と、すべてのエネルギーの同一の目的への集中とに存しています。規律がゆるむや否や、軍隊は損害を蒙《こうむ》ります。伍長が将軍に命令してはならないのです。あなたの生活を、そして他人の生活と、社会の生活を注意ぶかく検討してごらんなさい。何かが工合が悪かったり、きしったりするのは、そして混雑や無秩序が生じるのは、それはいつでも伍長が将軍に命令したからなのです。簡素の掟が人々の心に徹するところでは無秩序は消え去ります。

わたくしは簡素というものをそれにふさわしい仕方で描き出すことは、とてもできそうにありません。世界のあらゆる力とあらゆる美、あらゆる真のよろこび、われわれを慰め希望を増してくれるもの、われわれの暗い小径にいくらかの光を投げてくれるもの、われわれの哀れな生活を越えて何らかの崇高な目的と何らかの広大な未来とをわれわれに予見させてくれるもの、それはすべて簡素な人々がわれわれにもたらしてくれるのです。利己主義と虚栄心との一時的な満足とは異なった一つの目的を自分たちの欲望にあてがって、生活の学問とは自分の生活を与えるすべを知ることだということを理解している簡素な人々が。

第三章　簡素な思想

自分の思想を組織だて

われわれの生活の実際的なあらわればかりでなく、われわれの観念の領域もまた掃除される必要があります。人間の思想は無政府状態に陥っています。われわれは茨《いばら》の茂みの真っ只中を、限りなくこまごましたものの中に踏み迷って、指針もなく方向をも定めずに歩いています。

人間にはその目的があり、その目的とは人間たることであるということを認めるや否や、人間は自分の思想を組織立てます。人間をよりよいもの、より強いものにしてくれない考え方や、理解の仕方や、判断の仕方は、すべてこれを不健全なものとして斥けるのです。

そしてまず第一に、自分の思想とたわむれるというあまりにもありがちな悪癖を避けるのです。思想は全体としてその機能を持っている一つのまじめな道具なので、おもちゃではないのです。一つの例を取りましょう。ここに画家のアトリエがあるとします。いろいろな道具がそれぞれの場所にあります。それらの手段の全部が、達するべき一つの目的のためにならべられていることは明らかです。アトリエの戸を猿たちに向ってあけてごらんなさい。猿たちは仕事台の上によじ登ったり綱にぶら下ったり、カンヴァスにくるまったり、スリッパをはいたり、画筆をいじったり、絵の具をなめてみたり、肖像画の腹の中に何があるかを見るために画布に穴をあけたりするでしょう。わたくしは猿たちのよろこびを疑うものではありません。猿たちがこうした行いをすることをひどくおもしろいものに思うにちがいないことは確かです。けれどもアトリエはそこに猿たちを放つためのものではありません。それと同じように、思想は曲芸の場ではないのです。人間の名にふさわしい人間は、その在り方や愛し方と同じような考え方をします。すなわち、すべてを見、すべてを知るという口実の下に、健全な深い感動は決して覚えず、真の行為は決して産み出さない危険に陥りがちな、あのそれだけ切り離された不毛な好奇心をもって考えるのではなく、心から考えるものなのです。

通常、不自然な生活につきものの、急いで矯《た》めなければならないもう一つの習慣は、何事に際しても自己を検討し、自己を分析するという狂癖です。わたくしは何も人間に対して、内的観察と意識の検討に関心を持つなというのではありません。自分の精神と自分の行為の諸動機とをはっきり見きわめようと試みることは、りっぱな生活の本質的な要素の一つです。けれども用心深さはそれとは別なのです。絶えず心をもっぱらにして、自分の生きたり考えたりするのを観察し、機械仕掛けでもあるかのように自分自身を分解することは、それとは別なのです。こうしたことは時間を無駄にすることであり、自分の調子を狂わせることです。

歩く準備に念を入れるあまり、まず自分の運動の諸手段の解剖学的な綿密な点検に没頭したがるような人があったら、その人はたった一歩をも踏み出さない前にばらばらにならないとも限りません。「お前は歩くに必要なものを持っているのだ、だから歩き出すがよい！　倒れないように気をつけて、お前の力を適当に用いるがよい」。つまらないことにこだわる人や、気づかいを売り物にする人の帰するところは無為です。人間は自分のへそを見つめて暮らすようには出来ていないことは、良識の光に照らして考えただけでわかります。

簡素な良識

良識――この言葉によって指されるものは、昔のよい慣習と同じくらい稀になって来ているとは思いませんか？　良識なんて古い遊びだ。別のものが要る、というわけで、人々は十四時に正午をさがすのです。というのもそれは凡俗には真似のできない凝ったことですし、衆にぬきん出るのはいかにも愉快なことだからです！　自分の自由になる指示されたままの諸手段を用いる自然人のようには振舞わないで、われわれは才にまかせて最も驚くべき突飛《とっぴ》なことをしでかすようになっています。簡素な線をたどるくらいならむしろ脱線した方がいい！　というわけです。まっすぐな良識の道からそれようとしてわれわれはわけもなく背をかがめ、身を捩《よ》じり、骨盤をはずしたりしていますが、それは整形外科で取扱われるどんな屈転やどんな肉体の畸形からも想像がつかないほどです。そしてわれわれは、いびつになれば罰を受けずには済まないということを、にがい経験によって学ぶのです。新奇は要するにはかないものです。永続するものは不滅の陳腐なものだけにすぎないので、陳腐なものから遠ざかれば最も危険な目に遭わなければなりません。危険な冒険から立ちもどり、また元のように簡素になるすべを知っている人は幸いなるかなです。

簡素な良識は、多くの人が想像しかねないように、生れながらにして誰にでも具わった特質ではありません。誰にでも造作なく手に入るような、卑俗なわかりきった荷物ではありません。簡素な良識は、たとえて言えば、大衆のほかならぬ心から出て来たと思われるような、あの作者のわからない、不滅の古い民謡のようなものです。

良識は幾世紀の勤勉によって徐々に骨を折って蓄積された資本です。それは純粋な宝であり、その価値は、それを失った人だけにしか、あるいはそれをもはや持たない人々の生き方を見ている人だけにしかわからないのです。わたくしは、良識を手に入れそれを持ちつづけるためなら、――《良識》の眼を曇りなきものに保ち、《良識》の判断をまっすぐなものに保つためなら、どんなに骨を折っても骨を折りすぎるということはないと考えます。人は自分の剣によく注意をして、へし折ったり錆びさせたりしないようにするものです。まして自分の思想は大切にしなければなりません。

観念に先立つ生存

けれどもここでよく理解していただきたい。良識への呼びかけは低俗な思想への呼びかけではないのです。自分の見ることもできなければ触れることもできない一切のものを否定する偏狭な実証主義への呼びかけではないのです。というのは、人間をその物質的感覚にのみ沈めようとし、内的世界の高い現実の数々を忘れることは、これまた良識の欠如だからです。われわれはここで、それをめぐって人類の最大の問題の数々が激しく論じられている一つのいたましい点にふれます。われわれは実際、生活に対する一つの考え方に達しようとして闘っており、その考え方を無数の曖昧なものや無数の苦しみを通して探しています。そして精神的現実の数々に関する一切のものは、日に日にますますわれわれを悩ますものとなっています。思想の大きな危機の数々に伴って起きる重大な障害や一時的な混乱の只中にあって、いくつかの簡単な原理でもってうまく切り抜けてゆくことは、かつてなくむずかしいように見えます。とはいえ、どうしても切り抜けてゆかなければならないという、ほかならぬその必要がわれわれを助けに来てくれるのです。あらゆる時代の人々を助けに来てくれたように。

生活のプログラムは要するに恐ろしく簡単です。そして生存することは差し迫ったことであり、いやでも応でも生存しなければならぬというまさにそのことによって、生存そのものがわれわれに知らせてくれるのです――生存ということは、われわれがそれについて抱くことのできる観念に先立つものであり、誰でも生きるためには生の何たるかをまず理解するまで待つわけにはゆかないということを。われわれは至るところ、われわれの数々の哲学や、説明や、信念による既成事実に直面しています。そしてこの驚くべき、否定することのできない既成事実こそが、われわれを秩序へと呼びもどしてくれるのです――われわれが自分の推理から人生を演繹しようとし、自ら哲学し終るまでは行動に出まいとする時にには。これがありがたい《必要》なので、人間が自己の道を疑う時にも、この《必要》があればこそ世界は停止しないで済むのです。ただ一日の旅人として、われわれは広い世界の動きの中に巻き込まれ、その動きに貢献する使命を与えられています。けれどもその動きはわれわれが予見したものでもなく、全体を見渡したものでもなく、究極の目的を測ったものでもありません。われわれのなすべきことは、われわれにあてがわれた一兵卒の役割を忠実に果たすことですから、われわれの思想はこの地位に適応したものでなければなりません。

時代はわれわれにとっては、われわれの祖先にとってよりも困難であるなどといわないようにしましょう。何事によらず遠くから見るとその真相が見損なわれがちなものですし、それに、祖父の時代に生れなかったといってこぼすのは感心したことではないからです。この問題についての最も異論の余地の少い考え方は、世界が開けはじまってこのかた、物事をはっきり見定めるのは困難であった、ということです。どこでも、またいつの時代にも、正しく考えるのはむずかしいことでした。この点では古代人も近代人にまさる何の特権をも持ってはおりません。

そしてこの見地から人間を見るようになると、人間のあいだには何の相違もないとつけ加えていうことができます。人間は服従しようとあるいは命令しようと、考えようとあるいは学ぼうと、羽毛を手にしていようとあるいは槌を手にしていようと、真理をよく見分けることは人間にとってひとしく骨の折れることなのです。人類が進歩することによって手に入れるいくらかの光明は、人間にとって疑いもなく極めて有用なものでしょう、けれどもそれはまた問題の数と範囲とを大きくするものでもあるのです。困難は決して取りのぞかれることはありません、常に知性は障害にぶつかるのです。未知のものが至るところわれわれを支配し、われわれを抱きしめています。けれども渇きをいやすには、すべての泉の水を全部汲みつくすには及ばないのと同じように、人は生きるためにはすべてを知る必要はないのです。人類はいくつかの簡単な食糧で生きていますし、また常に生きて来ました。

人類は信頼によって生きている

それらの食糧を挙げてみましょう。まず第一に、人類は信頼によって生きています。人類が信頼によって生きているということは、あらゆる生物のうちにあって意識されない根底をなしているところのものを、人類はその意識的な思想の許す程度において、反映しているということにすぎないのです。世界の堅固さと、世界の知的な整頓とに対する落ちついた信念は、存在するすべてのもののうちに眠っています。花や、木や、動物たちは、強い落ちつきと、全き安心とをもって生きています。落ちてくる雨にも、目ざめる朝にも、海へ流れる小川にも、信頼の念があります。存在するすべてのものは、こう言っているかのようです。「わたくしは存在する、だからわたくしは存在しなければならない。それにはりっぱな理由の数々があるのだ。安心していようではないか」。

これと同じように人類は信頼によって生きているのです。存在するというほかならぬそのことによって、人類は自己の存在の十分な理由を、確信の保証を、自己のうちに持っているのです。人類は人類の存在することを望んだ《意志》を信頼しているのです。この信頼を持ちつづけ、この信頼を何物によっても乱されず、それどころかこの信頼をつちかい、この信頼をいっそう個人的なもの、いっそう明白なものにすることにこそ、われわれの思索の第一の努力は向けられなければなりません。われわれのうちに信頼の念を増してくれるものはすべていいのです。なぜなら、静かなエネルギー、落ちついた行動、人生とみのり多い勤労とに対する愛は、そこから生れるからです。根本的な信頼はわれわれのうちにあるすべての力を動かす不思議な原動力です。それはわれわれを養ってくれます。人間は食べるパンによってよりも、それによってこそ生きているのです。こうして、この信頼をゆるがすものはすべて悪いものです。それは毒であって、糧《かて》ではありません。

人生という事実そのものを攻撃して、その事実を悪いものであると宣言しようとする思想体系は、すべて不健全です。現代の世紀においては、あまりにもたびたび人生について悪い考え方がおこなわれて来ました。木の根に腐蝕剤を撒けば木が枯れることに何の不思議がありましょう。とはいえこの虚無の哲学に対しては、実に簡単な反省をしてみれば足りるでしょう。あなたは人生を悪いものであるといわれるのですね？　よろしい。その悪い人生に対してどんな薬を持ち出そうとなさるのですか？あなたは人生をやっつけ、人生を無くしてしまうことがおできになるでしょうか？わたくしはあなたにあなたの生命を無くしておしまいなさい、自殺なさいとは頼みません。そんなことをしたからといって、われわれに何の得るところがありましょう？わたくしがあなたに頼みたいのは、生命を――人間の生命だけでなく、はっきりしない下等な生命の基礎を、――光の方へとのぼって行っているあの一切の生命の推進を、いや、あなたによれば不幸の方へと突進しているあの一切の生命の推進を、無くしてくださいということなのです。

繰り返して言いますが、わたくしがあなたに頼みたいのは、広大な世界にわたって喜びにふるえている生の意志を、要するに生命の泉を無くしてくださいということなのです。あなたにはそれができますか？　できないでしょう。それならわれわれをそっとしておいていただきたいのです。誰一人生命にくつわをはめることができないからには、人々をして生命に厭気を催させるよりは生命を尊重し、生命を有益に用いるすべを学んだ方がましではないでしょうか？——一つの料理が健康に危険であると知っている時には、人はその料理を食べません。それと同じように、ある種の考え方がわれわれから信頼と、よろこびと、力とを奪う場合には、その考え方をすてなければなりません。その考え方は精神にとって嫌悪すべき糧であるばかりでなく、間違った考え方であることが確かだからです。人間にとって真実なのは人間的な思想だけなので、厭世主義は非人間的なものなのです。

それに、厭世主義には論理が欠けていると同じ程度に謙虚さが欠けています。人生というこの驚くべきものをあえて悪いと観じるためには、人生の根底を見究めたことがなければならず、人生を自ら造ったことがなければならないといってもいいでしょう。現代のある種の大思想家たちの態度は何という奇妙な態度でしょう！ 実際、彼らは非常に遠いむかし、その若い日に、世界を自ら創造したかのように振舞っています。けれども彼らがその厭世思想を実行に移そうとはせず、結構生き永らえているところを見ると、彼らはたしかに誤っていたのです。

他の料理でわれわれの身を養いましょう、力をつけてくれる思想でわれわれの魂を強くしましょう。人間にとって最も真実なのは、人間を最もよく強めてくれるものなのです。

希望によって生きる

人類は信頼によって生きているとすれば、また希望によって生きています。希望は信頼の、未来へ向けられた形なのです。あらゆる生活は一つの結果であり、一つのあこがれです。存在するすべてのものは、一つの出発点を前提として、一つの到達点へと向っています。生きることは成ることであり、成ることはあこがれることです。広い世界にわたって見られる「成ること」は、限りない希望にほかなりません。事物の根底には希望があります。この希望が人間の心に反映しなければなりません。希望なくして生活はありません。われわれを存在させているその同じ力が、われわれをはげまして向上させます。われわれを駆って進歩させるこの執拗な本能の意味は何でしょうか？　その真実の意味はこうです。

すなわち、生活からは何かが結果として生じるはずだということ、生活そのものよりも偉大な一つの宝が生活の中で段々に出来あがり、その宝の方へと生活は徐々に動いてゆくということ、そして人間と呼ばれるあのいたましい種蒔き人は、あらゆる種蒔き人のように、明日という日をあてにする必要を感じるということです。人類の歴史は抜きがたい希望の歴史です。でなかったら、とっくのむかしにすべてが終りを告げていたでしょう。重荷を負うて歩み、闇の中でも迷わず、倒れたり破滅したりしてもふたたび起ちあがり、死に瀕してさえも棄てばちにならないためには、人類は常に希望を抱く必要があったし、時としては何の望みもない場合にも希望を抱く必要がありました。これが人類をささえてくれる強心剤なのです。

もしもわれわれが論理だけしか持たなかったら、どこででも最後に勝ち誇るのは死であるという結論を、われわれはずっと前から引き出していたことでしょう。そしてその思想のために死んでしまっていたことでしょう。けれどもわれわれは希望というものを持っているので、そのためにこそ生きており、人生を信じているのです。

あの偉大な神秘主義者の修道士ゾイゼ――かつて存在した最も単純にして最も善良な人の一人であるあのゾイゼは、一つの感動させられる習慣を持っていました。あの人は誰か婦人に出会うたびごとに、それがどんなに貧しいどんなに年老いた婦人であろうとも、うやうやしく道をよけるのが常でした。たといそのために茨の中や、車輪の跡のぬかるみに足を突っこまなければならない場合にも。あの人は言うのでした、「わたしがそうするのは、わたしたちの聖母マリアに敬意を表するためなのじゃ」と。

《希望》に対しても同じような敬意を表そうではありませんか。われわれの出会う《希望》が、畝《うね》から頭をもたげる麦の芽の形をしていようとも、卵をかえしその雛たちをはぐくむ鳥の形をしていようとも、身をちぢめて起きあがってその道をつづける傷ついた哀れなけだものの形をしていようとも、大水や雹《ひょう》に荒らされた畑を耕して種を蒔く農民の形をしていようとも、徐々にその損失をつぐないその傷手《いたで》に手当を施す国民の形をしていようとも、とにかく《希望》がどんなにつつましく苦しそうな外観を呈していようとも、《希望》に敬意を表そうではありませんか！ 伝説や、素朴な歌や、単純な信仰において《希望》に出会おうとも、なおかつ希望に敬意を表そうではありませんか！ それはいつも同一の、撲滅しがたいもの、神の不滅の娘だからです。

われわれはあまりにも希望を持たなすぎます。現代人は奇妙な臆病癖にとりつかれています。われわれの祖先のゴール人によれば、恐怖の中での馬鹿げたものの骨頂であったところの、空が落ちて来はしないかというあの心配が、われわれの心の中に巣食うようになったのです。水滴は大洋を疑うでしょうか？ 光線は太陽を疑うでしょうか？〔そんなことはありますまい〕。それなのにわれわれの年老いた知恵はそんなことまで疑うという、驚くべきことをしているのです。われわれの知恵はあのやかまし屋の年とった学者先生に似ています。若い教え子たちの陽気ないたずらや若気の熱狂ぶりに対して、頭から小言をいうのを主な役目としているあの学者先生に。

今や、ふたたび子供となり、われわれを取りかこんでいる神秘を前にして手を合わせ大きく眼をみはるすべをふたたび学び、われわれの知識にもかかわらずわれわれは僅かのことしか知っていないということ、世界はわれわれの頭脳よりも大きくそしてそれは仕合せなことだということを思い出すべき時です。世界がそれほど驚くべきものであるならば、世界は未知の資源の数々をかくしているはずですし、世界にいくらか信用をおいても不明のそしりを受けることはあるまいからです。債権者たちが弁済能力のない債務者を遇するような工合に世界を遇しないようにしましょう。

勇気をふたたび燃やし、聖なる希望の焰をふたたびともさなければなりません。太陽はまたのぼり、大地はふたたび花咲き、鳥は巣をつくり、母親はわが子にほほえみかけるのですから、人間である勇気を持とうではありませんか、そしてそのほかのことは星の数をかぞえ給うた方〔＝神〕に任せようではありませんか。わたくしはこの幻滅の時代に、勇気がくじけるのを感じるすべての人々に向っていうために熱烈な言葉を見つけることができればいいのですが。——お前の勇気をふるい起こし、なおも希望を抱くがよい、最も希望を抱く大胆さを有する者は最も誤まることの少い者であることが確かだ。最も素朴な希望といえども最も理論的な絶望よりはいっそう真実に近い。

そして善良であれ

人類の道におけるもう一つの光の源は善良さです。わたくしは人間の生れつきの完全さを信じ、人間を腐敗させるものは社会であると教えるものではありません。それにしても人間個々人のいやしい本能の数々や、過去から伝えられた忌まわしいものの堆積が、われわれを屈服させなかったのはどうしたわけであろうと。それはおそらくそれらのものとは別のものがあるからでしょう。その別のものとは善良さです。われわれの頭の上、われわれの限られた理性の上に蔽いかぶさっている未知のものや、われわれを悩ます矛盾した運命の謎や、うそや、憎しみや、腐敗や、苦しみや、死があるのを見ると、われわれはどう考えたらいいのでしょう？　何をしたらいいのでしょう？　こうした一切の質問に対して、一つの偉大な神秘な声が答えているのです——善良であれ、と。善良さは信頼や希望と同じように、神から出たものにちがいありません。あれほど多くの力が善良さに反対しているのにもかかわらず、善良さは滅びることがないからです。善良さはその敵として、人間のうちのけだものとも呼ぶべき生れつきの兇暴さを持っており、またやはりその敵として、ずるさや、力や、利害や、とりわけ忘恩を持っております。それらの陰険な敵どもの真っ只中を、どうして善良さは汚れもせず疵《きず》も受けずに通ってゆくのでしょうか？　聖なる伝説に語られている預言者が吼えたける野獣たちの真っ只中を通って行ったように。

それは善良さの敵どもは下の方のものであるのに反し、善良さは高いところのものであるからです。角《つの》や、歯や、爪や、人を殺す火に燃えた眼は、高く飛びあがってそれらのものの手のとどかないところへ逃れ去る速い翼に対してはどうにもできないのです。こうして善良さはその敵どもの企てから身を避けるのです。いや、善良さはそれ以上のことをします、善良さは時としてその迫害者たちを手なずけるという、あの美しい勝利をさえ博して来ました。善良さは野獣たちが鎮まり、その足もとに来て寝、その掟に従うのを見たこともあるのです。

キリスト教の信仰の核心にあっても、最も崇高な教義は、そしてその深い意味を洞察するすべを知っている人にとって最も人間的な教義は、次のような教義です。すなわち、堕落した人類を救うために、眼に見えない神が人間の形を借りてわれわれのあいだに来てとどまり給うて、善良さというただ一つのしるしによってのみ自分を知らせようとされた、というあの教義です。

われわれをつぐなってくれ、なぐさめてくれ、不幸な人に対して、いや意地悪い人に対してさえもやさしい《善良さ》は、その足もとに光を放っています。それは明るくしてくれ、簡素にしてくれます。それが選んだ役目は最もつつましいものです。すなわち傷に手当を施し、涙を消し、悲惨をやわらげ、痛んだ心をなだめ、赦《ゆる》し、和解させることです。けれどもわれわれに最も必要なのはこの善良さなのです。こういうわけで、われわれは思想をみのり多い、簡素な、そしてわれわれ人間の運命に真に一致したものにする最上の仕方を考えているのですから、その方法を次のような言葉で要約しましょう。——信頼を抱き、望み、そして善良であれ。

わたくしはなんぴとをも高い思索について落胆させようとするものではなく、未知のものについての諸問題を、また哲学や科学の広大な深淵をのぞきこむことを、なんぴとに対してであれ思いとどまらせようとするものではありません。けれどもそれらの遠い旅からは、われわれが今いる地点の方へ、いや、ともすればわれわれがはっきりした結果も得られずに地団太《じだんだ》ふんでいる場所へさえも、常に立ちもどって来なければならないでしょう。人生の条件や社会的混雑の中には、科学者にも思想家にも無知な者にもひとしくはっきりわからないものがあります。現代のわれわれは、しばしばこの種の状況に直面させられています。われわれの方法に従われる人は、われわれの方法にはよいところがあることを、やがて認められるにちがいありません。

よい宗教とは

わたくしはすべて以上のことを述べるにあたって、宗教的な地盤――ともかくも宗教的な地盤にある一般的なものにふれて来ましたので、最もよい宗教とはどんなものであるかということを、簡単な数語でいってくれと乞われる人があるかも知れません。この問題についてのわたくしの考えをさっそく説明してみましょう。けれどもおそらく、通常、人がするように、最もよい宗教とはどういうものかとたずねてはいけないのではないでしょうか？　諸々の宗教にはおそらくある種のはっきりした性格があり、それぞれの宗教に固有の長所や欠点があるでしょう。ですから厳密にいえば、それらの宗教を互いに比較することもできるわけです。けれどもそうした比較には常に偏見や無意識の不公平がまじります。それよりも別な工合に質問を出して、「わたくしの宗教はよい宗教でしょうか？　それがよい宗教だということはどの点で見分けがつくでしょうか？」とたずねた方がいいのです。

この質問に対してわたくしは答えます。――あなたの宗教はよいのです、もしそれが生き生きとした活動的なものであり、もしそれが生活の無限の価値についての意識と、信頼と、希望と、善良さとをあなたのうちにはぐくんでくれるものであるならば。それならばその宗教はあなた自身のうちの最悪の部分に対する最良の部分の同盟者なので、新しい人間になることの必要を絶えずあなたに見せてくれるでしょう。もしあなたの宗教が、苦悩は救主であることをあなたに理解させ、他人の良心への尊敬をあなたのうちに増大させ、赦しをいっそう容易なものにし、幸福をそれほど傲慢でないものにし、義務をいっそう貴重なものにし、あの世をそれほど漠としたものでなくしてくれるならば、――もしそれならば、その名が何であれ、あなたの宗教はよいのです。たといそれがいかに素朴なものであろうと、上に述べたような役目を果たしてくれるものであれば、それは間違いのない本当の源《みなもと》から出ているのです、それはあなたを人間と神とに結びつけてくれるものなのです。

けれども万一あなたの宗教が、あなたをして自分を他人よりもすぐれたものと思わせたり、あなたを聖典についての滑稽な論争に走らせたり、あなたの顔をしかめさせたり、あなたをして他人の良心を支配させたり、あなたの良心を奴隷状態に陥らせたり、あなたの懸念を眠りこませたり、流行や利害からあなたに何かの信心をさせたり、あの世についての打算から善をおこなわせたりするようなものであったならば、おお、その時には、あなたが仏陀を引き合いに出されようと、モーゼを引き合いに出されようと、マホメットを引き合いに出されようと、あるいはさらにキリストを引き合いに出されようと、あなたの宗教は何の価値もないのです。それはあなたを人間と神とから引きはなすものなのです。

わたくしはおそらくこのように語るに十分な権力を持ち合せておりません。けれどもわたくしよりも前に、わたくしなどよりも偉大な他の人々が、わけても質問を浴びせるユダヤの律法師に向って、よきサマリヤ人の譬話《たとえばなし》〔ルカ伝一〇ノ二五以下〕を語り給うた方が、これと同じことを語っていられるのです。わたくしはあの方の権威のうしろに立てこもることにしましょう。

第四章　簡素な言葉

正しく考え率直に語る

言葉は精神を啓示する偉大な機関であり、精神が自分に与える第一の眼に見える形であります。この思想にして、この言葉ありというわけです。生活を簡素の方向に改造するためには、言葉とペンとに注意しなければなりません。言葉も思想と同じく簡素でありますように。言葉も誠意のこもった、確実なものでありますように。――正しく考え、率直に語れ！

社会の関係は互いの信頼を基礎としています、そしてこの信頼はめいめいの誠実さによってはぐくまれます。誠実さがへるやいなや、信頼はいためられ、人と人との関係は損害を蒙《こうむ》り、不安心が生じます。このことは物質的利害の領域においても精神的利害の領域においても真実です。絶えず警戒していなければならない人々とは、商業上・工業上の取引を営むことが困難であると同様、科学的真理を探究したり、宗教的理解を求めたり、正義を実現したりすることも困難です。めいめいの言葉や意図をまず調べなければならないとなると、そしてすべて言われたり書かれたりすることは真理の代りに錯覚を提供することを目的としているという原則から出発しなければならないとなると、生活は奇妙にも複雑なものとなります。

ところがわれわれの場合がそうなのです。世には最もずるいことをして、互いにだまし合うことに専心している悪賢い人間や外交家が多すぎます。ですからわれわれは誰でも、最も簡単なことで、しかもわれわれにとって最も重要なことについて問い合せるのにあれほど苦労しなければならないのです。

わたくしが今言ったことでわたくしの考えはおわかりでしょう。それに各人の経験が豊富な評釈とそれを裏づける挿絵とを提供してくれるでしょう。それにもかかわらず、わたくしはこの点を強調し、例を挙げずにはいられません。

かつては人間は互いに伝達する手段としては、かなり限られたものしか持っていませんでした。情報の手段を完成しふやしたならば、それだけ光が増すであろうと想像されたのも当然です。そうなったら、諸国民は互いによりよく知り合うことによって、愛し合うすべを学び、同一の国の市民たちは共同生活に関する一切のことについてよりよく啓蒙されるのですから、より緊密な同胞愛によって互いに結びつけられるのを感じるでしょう。印刷術が発明されたとき、人々が「光アレヨ！」と叫んだのは、もっともなことでした。

読書の習慣と新聞の趣味とがひろまった時にはなおさらのことです。人々が次のように推論したのも無理はありません。二つの光は一つの光よりもいっそうよく照らしてくれるし、数個の光は二つの光よりもいっそうよく照らしてくれる。新聞や書物が多ければ多いほど、世間の出来事がよくわかるだろう。だから今日以後歴史を書こうとする人々はいかにもめぐまれている、彼らは両手にいっぱい参考資料を持つことになるだろうと。実際、これほど明白なことはないように見えました。ところが、悲しいかな、この推論は道具の質と力とが基礎になっていたのであって、どこででも最も重要な因子である人間的要素は計算に入れられていなかったのです。

ところで、詭弁家や、狡猾《こうかつ》な人間や、中傷家たちが、すなわちみんな口先がうまく、言葉やペンをあやつることを誰よりもよく心得ている人々が、思想をふやし伝播するためのあらゆる手段をふんだんに利用しました。その結果はどんなことになったでしょう？　現代人はほかならぬ自分たちの時代と事件とについての真理を知ることが非常に困難になったのです。隣国人に公正な情報を与えたり、隣国人を下心なしに研究したりしようと試みることによって、国際的な親善関係をつちかうべきいくつかの新聞についていえば、疑心と中傷とをばら撒いている新聞がどれほどたくさんあることでしょう。根拠のないうわさや、事実や言葉の悪意ある解釈によって、いかに多くの不自然で不健全な潮流が世論の中につくり出されていることでしょう。われわれは国内の事件についても外国についてと同じく、たいして知るところがありません。商業や工業や農業についても、諸政党や社会の傾向についても、公けの事件に関係のある人々についても、利害をはなれた情報を手に入れるのは容易なことではありません。新聞を読めば読むほど、ますますはっきりしなくなるばかりです。

新聞を読んで、新聞のいうところを言葉どおり信用するとすれば、読者は次のような結論を引き出さざるをえない日があります。たしかに、どこもかしこも堕落した人間ばかりだ、廉潔の士として残っているのは幾人かの記者だけにすぎない、という結論を。けれども結論のこの最後の部分もまた誤りだということがやがてわかるでしょう。記者たちは実際、互いに相食《あいは》んでいます。そうなれば読者の眼の前には、蛇の争闘と題された戯画で表わされているようなのとそっくりな光景が展開するでしょう。二匹の蛇は自分たちのまわりのものを全部食らいつくしたあげく、こんどは互いに相手を攻撃して食らい合い、戦場にはついに二つの尻尾しか残らないのです。

言葉の下落

このように当惑しているのは庶民だけではなく、教養ある人々もそうなのですし、ほとんどすべての人がそうなのです。政治においても、財政においても、実業においても、さらには科学や、芸術や、文学や、宗教においても、至るところに裏面と、トリックと、かけひきがあります。輸出向きの真理と、秘密に参与している人々のための真理とがあります。その結果はすべての人がだまされるということになります。どこか一つの台所にはいりこんでいても、すべての台所にはいりこむことは決してできないからです。かくて最も巧みに他の人々をあざむく人々でさえも、他人の誠実をあてにする必要がある時には、こんどは自分があざむかれることになるのです。

このようなやり口の結果として起こるのは人間の言葉の下落です。人間の言葉はまず第一に、それを卑しい道具としてあやつる人々の眼に対して下落します。議論家や、口論好きや、詭弁家――相手に勝つことにばかり熱中したり、尊重すべきものは自分の利害だけだとうぬぼれたりしているすべての人々にとっては、自分たちの尊敬する言葉というものはもはやありません。そういう連中の受ける罰は、自分自身が従っている規則、すなわち「本当のことではなく、利益になることをいう」という規則によって、他人を判断するの余儀なきに至ることです。そういう連中は、もはや誰をもまじめに取ることができません。これは書いたり、話したり、教えたりする人々にとっては、なさけない精神状態です。このような心構えで聴衆や読者に話しかけるのには、その聴衆や読者をどれほど軽蔑しなければならないことでしょう！　誠実なところを持ちつづけている人にとって、信頼に満ちた正直な人々をあざむこうとする文章や言葉の軽業師《かるわざし》の皮肉ほど堪えがたいものはありません。前者は信頼しきって、誠実で、啓発してもらおうと願っているのに、後者はそういう公衆を術策で嘲弄しようというのですから。

けれどもその嘘つきは、自分のやり口がいかに間違っているかを知らないのです。その嘘つきがよってもって立っている資本は人々の信頼です、そして民衆の信頼に匹敵するものはありません。けれども民衆は裏切られたと感じるや否や、たちまち警戒の念を起こすものなのです。民衆はなるほど一時は単純さを食いものにする人々について行くかも知れません。けれども、しばらく経つと、民衆の愛想のよい気分も嫌悪に変ります。大きく開かれていた扉はその無感覚な木の面を向け、かつては注意ぶかく傾けられていた耳も閉じられます。悲しいことに、そうなると耳は悪に対してばかりでなく、善に対しても閉じられてしまうのです。そしてこれこそ、言葉をゆがめたり下落させたりする人々の罪なのです。そういう人々は一般の信頼を揺るがす者です。貨幣の価値の下落は災禍と見なされ、金利の低落は信用の破産と見なされます。けれどもそれよりも大きな不幸は、信頼の喪失です。すなわち、まっとうな人々が互いに与え合っているところの、そしてそれあればこそ言葉が真正の貨幣として通用するところの、あの道徳的信用の喪失です。贋金《にせがね》つくりや、投機業者や、いかがわしい実業家を打倒しなければなりません、彼らは真正な貨幣までも信用のできぬものに思わせるからです。文章や言葉の上の贋金つくりを打倒しなければなりません。彼らのせいで人々はもはや何事をもまた誰をも信用しなくなり、言われたり書かれたりすることの価値は幽霊銀行の紙幣の価値に似たものとなるからです。

めいめいが自ら注意して、言葉をつつしみ、文章を推敲し、簡素を志すことが、どれほど焦眉《しょうび》の急であるかがおわかりでしょう。遠廻しの意味や、あれほど多くの迂説や、あれほど多くの言い落しや、逃げ口上はやめなければいけません！　それはすべてをこんがらかすことにしか役立たないからです。人間であろうではありませんか、ただ一つの言葉を持とうではありませんか。誠実の一時間は権謀術策の数年にもまして世界の救いに貢献するところが多いのです。

事実に奉仕すべき言葉

次に〔フランスの〕国民的悪癖の一つについて一言いたしましょう。これは言葉について迷信的な考えを抱いていて、文体による示威を妄信している人々に聴いていただきたいことなのです。

なるほど、優雅な言葉や、デリケートな読書を珍重する人々を怨んではなりません。わたくしは、われわれの言うべきことは、いかに巧みに表現してもしすぎることはないと考えるものです。けれどもそれだからといって、最も巧みに述べられ最も巧みに書かれたものとは、最も飾り立てられたものではないのです。言葉は事実を飾り立てるあまりに事実に取って代わり、事実を忘れさせるべきものではなくて、事実に奉仕するべきものなのです。

最も偉大な事柄はまた、簡素に述べられることによって最も価値を増す事柄なのです。なぜならその時には、それらの事柄はあるがままの姿においてあらわれるからです。あなたはその時には、まことに結構な演説というヴェール——たとい透明なものではあっても、とにかく一つのヴェールにはちがいないものを投げかけることもなく、作家や雄弁家の虚栄と呼ばれるところの、真理にとってあんなに致命的なあの陰影を投げかけることもないわけです。簡素ほど強いものはなく、簡素ほど人を納得させるものはありません。聖なる感動や、むごたらしい苦痛や、偉大な献身や、情熱的な感激の中には、どんなりっぱな長い文章によってよりも、一つのまなざしや、一つの身ぶりや、一つの叫びによっての方がいっそうよく表わされるものがあります。人類がその心に持っている最も貴重なものは、最も単純にこそ表わされます。人を納得させるには真実であらなければなりません。そしてある種の真理は、あまりにも訓練された口から出るよりも、あるいは声を限りに宣布されるよりも、単純な唇《くちびる》や、さらには素朴な唇から出た方がいっそうよく理解されるものです。

こうした規則はめいめいの日常生活にとってよいものです。次のような原則をふだんに守ることが、自分の倫理生活にとってどんなに利益になるかは、誰も想像がつかないでしょう。その原則とはすなわち、公的にも私的にも、自分の感情と確信との表現において真実であり、控え目であり、簡素であるということ、そして決して節度を失わず、われわれのうちにあるものを忠実に表現し、とりわけ我を忘れぬということです。これこそ肝要なことなのです。

けだしいたずらに美しい言葉の危険は、その言葉がその固有の生命を持つに至るということです。そうした言葉は、たとえばいやに上品な奉公人のようなもので、奉公人と称していても、もはや奉公人の役目は果たさないのです。宮廷によくそんな例がありますように。あなたはよくおっしゃった、あなたは立派な文章をお書きになった。それでいいのです、それだけで十分なのです。

言うだけに満足して、言ったから行動しなくてもいいと思っている人々が、世間にはどれほどいることでしょう。そしてそれらの人々の言葉に耳傾ける人々も、話を聞いただけで満足するのです。こうしてついに生活は、言い回しの巧みないくつかの演説や、やたらに美しいいくつかの書物や、結構ないくつかの脚本だけから成る、ということになりかねません。それほど堂々と述べられていることを実行に移すことには、人々はほとんど思いを致さないのです。

またもし有能の士の領域から凡庸な人々の低級な領域に移ると、そこには、われわれがこの地上にいるのは、話したり人の話すのを聞いたりするためだと考えているすべての人々が、定かにもわからぬごったがえしの中に騒ぎ立っているのが見られるでしょう。それはやりきれないおしゃべりどもの大群衆で、彼らはみんな高話しをしたり、さえずったり、駄弁を弄《ろう》したりしたあげく、それでもまだ話し足りないと思っているのです。彼らはみんな忘れています。最も騒々しくない人々こそ最も多く仕事をするものであるということを。

汽笛を鳴らすことにその蒸気のありったけを費《つか》い果たす機械には、車輪を進行させるための蒸気は、もはや残りません。ですから沈黙をつちかいなさい。おしゃべりを減らせば、それだけあなたの力がふえるでしょう。

変化する言葉づかい

こう考えて来ますと、これまた極めて注意をひく価値のある、これに近い一つの題目について語らずにはいられません。それは言葉づかいの誇張ともいうべきものです。ある同一の国の諸々の住民を研究してみますと、それらの住民のあいだにも気質のちがいがあって、そのちがいが言葉づかいの上にあらわれているのが認められます。ここでは住民はむしろ粘液質で冷静であり、やわらげられ意味の弱められた言葉を使うかと思うと、かしこでは人々の気質が平衡をえていて、ぴったりあてはまった正確な言葉が聞かれます。けれどもさらに遠くでは、土地や空気や、おそらくは葡萄酒のせいで熱い血が血管の中をめぐっていて、人々は熱しやすく、物を言うにも大げさで、やたらに最上級の表現を口にし、どんな簡単なことを言うにも強い言葉を用います。

言葉づかいの形態が風土によって異なるとすれば、それはまた時代によってもちがいます。現代の文語や口語を、わが国の歴史上の他のある時代のそれと比べてごらんなさい。旧制度の下では革命時代とは別な言葉づかいがおこなわれていましたし、現代のわれわれは一八三〇年や、一八四八年や、第二帝政の時代の人々と同じ言葉づかいをしてはいません。概して言葉づかいは今ではいっそう簡素な形態を採っており、われわれはもはやかつらをつけてはいませんし、物を書くのにレースのカフスをはめるということもなくなりました。けれどもここに一つのしるしが、われわれをほとんどすべてのわれわれの祖先から区別しています。それはすなわち、われわれの誇張の源泉であるわれわれの過敏さです。

いささか病的な、刺激された神経組織に対しては――しかも神経があるということはもはや貴族の特権ではないことは人も知るとおりです――言葉はノーマルな人間に対すると同じ印象を与えるものではないのです。そして逆に、神経質な人間にとっては、自分の感じるところを言い表わそうとする時、簡素な言葉では物足りないのです。日常生活においても、公的生活においても、文学においても、演劇においても、静かで控え目な言葉づかいは、度を過ごした言葉づかいに取って代わられました。小説家や喜劇役者たちが公衆の精神を興奮させ、その注意を無理にも惹こうとして用いて来た諸々の手段は、われわれの最も普通の会話や、書簡文や、とりわけ筆戦の中で、未熟な状態においてふたたび見いだされます。言葉づかいの上でのわれわれのやり口と落ちついた冷静な人のやり口との関係は、われわれの筆蹟とわれわれの祖先の筆蹟との関係のようなものです。人々は鉄ペンが悪いのだというでしょう。それが本当だったらいいのですが！

——もしそれが本当だったら、鵞鳥《がちょう》〔の羽のペン〕がわれわれを救ってくれるでしょう。けれども病患はもっと深く、われわれ自身のうちにあるのです。われわれの筆蹟は動揺した人間や調子の狂った人間の筆蹟であり、われわれの祖先のペンはもっと確実な紙の上を、もっと落ちついて走っていたのです。ここでわれわれはあんなに複雑な近代生活——あんなに恐ろしいエネルギーの消耗を来たす、あの近代生活の結果の一つに直面します。近代生活はわれわれを性急にし、息切れさせ、絶えずわななかせています。われわれの筆蹟もわれわれの言葉づかいと同様、その名残りをとどめて、われわれのありようをあばいて見せるわけです。

結果から原因に遡って、われわれに与えられている警告を理解しようではありませんか。言葉づかいを誇張するというこの習慣から、いったいどんなよいものがもたらされるでしょうか？　自分自身の印象の不忠実な通訳であるわれわれは、われわれの誇張によって同胞の精神とわれわれ自身の精神とをゆがめることしかできません。誇張する人々同士のあいだでは互いに理解し合うことができなくなります。性格の焦燥、はげしい無益な論議、全く節度のないあわただしい判断、教育と社会関係とにおける最も重大なゆき過ぎ、これが言葉づかいの不節制から来る結果です。

簡素な文学・芸術への願い

簡素な言葉へのこの呼びかけにおいて、一つの願いを立てることをわたくしに許していただきたい。この願いの達成は最も好ましい結果を産むでしょう。わたくしは簡素な文学を求めます。すさんで、過労に陥って、エクセントリックなことで疲れているわれわれの魂に対する最上の薬の一つとしてばかりでなく、社会的な結合の一つの担保としてまた源泉として。わたくしはまた簡素な芸術を求めます。われわれの諸芸術や文学は財産上・教育上の特権者のために取っておかれています。

けれども、わたくしの言うところをよく理解していただきたい。――わたくしは詩人や、小説家や、画家に対して、高いところから降りて山の中腹を歩み、凡庸の境地を楽しむようにとすすめるのではなく、反対にもっと高く登るようにとすすめているのです。ポピュレールなのは〔＝民衆によろこばれるのは＝人気のあるのは〕、クラス・ポピュレール〔＝庶民階級〕と呼ぶのが妥当な社会のある階級にだけ適するものではありません。すべての人々に共通で、すべての人々を結びつけるものがポピュレールなのです。簡素な芸術を産むことのできる霊感の源泉は、人の心の深いところにこそあるのです。その前ではすべての人々が平等な、人生の永遠にかわらない諸々の現実の中にこそあるのです。そしてポピュレールな〔＝民衆的な〕言葉づかいの源泉は、初歩的な感情や人間の運命の主要な線を表わす少数の単純な強い形の中に求められなければなりません。そこにこそ、真理と、力と、偉大さと、不滅とがあるのです。

そのような理想の中には、若い人たちを燃えあがらせるに足るものがありはしないでしょうか。自分のうちに聖なる美の焰が燃えるのを感じながら、憐れみを知り、「余ハ下劣ナル俗衆ヲ憎ム」という人をさげすんだ格言よりも、「余ハ衆愚ヲ憐レム」という人間的な言葉を選ぶ若い人たちを。——わたくしはといえば、何ら芸術上の権威を持つ者ではありません。けれどもわたくしもその一人である衆愚の中から、わたくしは才能を授っている人々に向って叫び、次のように言う権利があります。——忘れられている人々のために仕事をしてください。ささやかな人々からも理解されるようになさい。そうすればあなた方は解放と和解との事業をなさることになるでしょう。そうすればあなた方はかつて巨匠たちが霊感を汲みとった諸々の泉をふたたび開かれることになるでしょう。あの巨匠たちの創作が時代を超えて今に生きているのは、あの巨匠たちが天才に着せるのに簡素という衣裳をもってするすべを心得ていたからなのです。

第五章　簡素な義務

自由と義務

われわれが何かうるさい題目について子供たちに話すと、子供たちは高い屋根の上にとまって子鳩に食べものをやっている鳩を指さしてみせたり、あるいは向こうの路上で馬を虐待している御者《ぎょしゃ》を指さしてみせたりします。時としてはまた、両親の頭を苦しめるあの大きな質問の一つを意地悪く提出することもあります。それはみんな苦しい題目から注意をそらすためなのです。われわれは義務に面と向っては大きな子供ではないか、そして義務に関する場合には、われわれは気をまぎらすためにいくつもの逃げ口上をさがすのではないか、とわたくしは恐れます。

第一の逃げ口上は、果たして一般に何か一つの義務というものがあるかどうか、あるいはこの義務という言葉には、われわれの祖先の数ある錯覚の一つがかくれているのではないか、と自問することに存しています。というのも要するに義務は自由を前提とするものであり、自由の問題はわれわれを形而上学の領域にまで導くからです。

自由意思というあの重大な問題が解決しない限り、どうして義務について語ることができよう？　――こうした意見に対しては理論的には反駁の余地がありません。もしも人生が一つの理論であるとすれば、そしてわれわれが生きているのは宇宙についての完全な体系をこしらえるためであるとすれば、自由を証明してその諸条件とその限界とをはっきり決めもしない前に義務の問題にかかずらうのは虚妄の沙汰でしょう。けれども人生は理論ではありません。他のあらゆる点においてと同じくこの実践倫理の点においても、人生は理論に先行していますし、人生が理論に場所をゆずるなどとは、とうてい信じられません。あの自由が、われわれの知っているすべてのものと同じく比較的なものであることはわたくしも認めますが、とにかくあの自由と、その存在の如何を人々が自問したあの義務とは、やはりあらゆる判断の基礎に在るのです。われわれがわれわれ自身およびわれわれの同胞に対して下す、あらゆる判断の基礎に。われわれはわれわれの行為としぐさとについて、ある点までは、責任あるものとして互いに遇し合っているのです。

人間として振舞う

どんな熱狂的な理論家も、その理論から出るや否や、何のためらいもなく、他人の行為をあげつらったり、敵の欠点をかぞえあげたりするものであり、無法なやり口をする人々を諫止《かんし》しようという時には、その当人たちの雅量や正義感に訴えるものなのです。われわれは時間や空間の概念を棄てることができないのと同様、倫理上の義務の概念を棄てることはできません。そしてわれわれはわれわれが飛び越える空間や、われわれの動きを測ってくれる時間を定義することができる前に、あきらめて歩かなければならないのと同様、倫理上の義務の深い根底にわれわれの指でふれる前に、倫理上の義務に従わなければなりません。倫理の掟は人間がそれを尊重するにせよ、犯すにせよ、人間を支配しているのです。日常の生活を見てごらんなさい。何か明白な義務を果たさない人に向っては、各人が石を投げようと待ち構えています、よしんばその人が自分はまだ哲学的な確信には達していないのだと申し立てるにしても。各人はその人に言うでしょう。――「人は何よりもまず人間なのです。まず身をもって事にあたりなさい。市民や、父や、子としてのあなたの義務を果たしなさい。そしてその後であなたの瞑想をまたつづけられるがよろしい」と。これはまことにもっともなことです。

とはいえわたくしの意のあるところをよく理解していただきたい。わたくしはなんぴとに対しても哲学的な探究や倫理学の基礎の綿密な研究を思いとどまらせようとするものではありません。人間をこれらの重大な関心へとつれもどす思想は、何一つ無益なものやどうでもいいものではありません。わたくしはただ、思想家が人道的な行為や、正直な行為や、不正直な行為や、勇敢な行為や、卑劣な行為をするために、上に述べた基礎を見つけるまで待つことができるかというと、それはできないというだけなのです。そしてとりわけわたくしは、未だかつて哲学者であったことのないすべての悪賢い人々に対して差し向けるに適した一つの答を、いや、われわれが自らの実践上のあやまちを弁護するために、われわれの哲学的懐疑の状態を楯にとろうとする時にわれわれ自身に差し向けるに適した一つの答を、方式の形で示したいと思うのです。人は人間であるというほかならぬそのことによって、義務についての積極的な一切の理論や消極的な一切の理論以前に、人間として振舞うという確固たる規則を与えられています。この規則にはずれることはできません。

けれどもこの答の効果をあてにする者は、人の心の数ある術策をよく知らない者だということになりましょう。この答に対しては抗弁のしようがありません。けれどもこの答も他の数々の質問が湧いてくるのを妨げることはできないのです。義務を免れようとしてわれわれが用いる口実は、浜の真砂《まさご》や星の数にも等しいのですから。

そこでわれわれははっきりしない義務や、困難な義務や、矛盾した義務のうしろに立てこもります。なるほどこれらの言葉はつらい記憶を思い出させる言葉です。義務の人でありながら、自分の道を疑い、闇中に摸索し、相異なる諸々の義務の互いに相反した要求に対してそのいずれに応《こた》えていいやらわからなかったり、われわれの力にあまる圧しつぶすような巨大な義務に直面したりすることよりもつらいことがあるでしょうか？　実際そうしたことも起こるのです。わたくしはある種の事件にある悲劇的なものや、ある種の人生にある悲痛なものを否定しようとするのでもなく、疑おうとするのでもありません。とはいえ義務がそのように紛糾した事情を越えてあらわれなければならなかったり、稲妻が嵐からきらめき出るように精神からほとばしり出なければならなかったりすることは稀です。そのような恐ろしい動揺は例外です。それでも、そのような動揺が出来《しゅったい》した時、われわれがしっかりしていればそれに越したことはありません。けれども槲《かしわ》の木が突風で根こぎにされたり、歩行者が未知の夜道でつまずいたり、あるいは兵隊がはさみ打ちに遭って敗北したりすることには誰も驚く者がないとすれば、ほとんど超人的な倫理上の闘いで敗れた人々を決定的に罰する者もまた誰一人いないでしょう。数と障害とに圧倒されることは決して恥ではありませんでした。

ですからわたくしは、はっきりしない、複雑な、矛盾した義務という難攻不落の城砦に立てこもっている人々に、わたくしの武器を差し出そうと思います。今日のところは、わたくしは右のような義務について語ろうというのではないのです。わたくしがこれらの人々に語りたいのは、単純な義務についてなのです。ほとんど容易な義務といってもいいものについてなのです。

単純な義務を果たす

一年には三日か四日かの鐘の鳴る大祭日と、たくさんの普通の日とがあります。それと同じように交えるべき非常に大きな、非常にはっきりしない戦いがいくつかあります。けれどもそれと並んで単純で明白な義務がたくさんあります。ところで、大きな義務にぶつかる場合には、われわれのいでたちは概して十分であるのに、まさしく小さな義務に関してこそ、われわれは力がくじけがちです。ですから、わたくしはわたくしの思想の逆説的な形にひきずられることを恐れることなしに、こう申しましょう。――大切なことは単純な義務を果たすことであり、初歩的な正義をふみおこなうことであると。一般に、人々が自分の魂を失うのは、困難な義務を果たすだけの力がなく、不可能なことを達成できないからではなく、単純な義務を果たすのを怠るからなのです。

この真理を例をあげて説明してみましょう。

社会の見すぼらしい裏面にはいりこもうと試みる人は、やがて物質的・精神的な大きな貧困の数々を発見せずにはいません。さらに近くから観察するにつれて、その人はさらに多数の傷口を発見し、ついには、惨めな人々の世界は広い暗澹《あんたん》たる世界に見え、その世界を前にしては個人の手にある救済手段などは無力なように思われて来ます。その人は救済を急がなければと感じながらも、同時に自問するのです——救済に駆けつけても何になろう？と。明らかにこうした場合は最も苦しいものです。ある者は絶望から、手をこまねいてこうした場合をやり過ごします。彼らはそういうわけで何一つしてやらないのですが、だからといって憐憫《れんびん》の情やさらには善い意図が、彼らに欠けているわけではないのです。

彼らは間違っています。ともすれば人間はまとめて善行を施す手だては持たないことがあります、けれどもそれは少しずつ善行を施すのを怠っていいという理由にはならないのです。あれほど多くの人々が何かをせずに済ますのは、人々によれば、なすべきことが多すぎるからなのです。そうした人々は単純な義務へと呼びもどされる必要があります。

その義務とは、今われわれが問題にしている場合についていえば、めいめいが資力と、暇と、能力とに応じて、めぐまれない人々のあいだに交際関係をつくることです。世にはいくらかの善意でもって、大臣たちの取りまきの中にはいりこんだり、国家の元首たちの社会に巧みに取り入ったりすることに成功する人々があります。貧しい人々と交際を結び、生活必需品に事欠いている労働者のあいだに知合いをこしらえることがどうしてできないことがありましょう？　いくつかの家族とひとたび知合いになり、それらの家族の歴史と、素性と、困難とするところとを知ったならば、あなたはただあなたにできることをしてやったり、精神的・物質的に同胞愛を実行したりすることによって、それらの家族に対してどんなにか役立つことができるでしょう。なるほど、あなたは単に小さな片隅に鍬を入れただけにすぎないかも知れません。けれどもあなたはできるだけのことをしたのですし、おそらくは誰か他の人を引きずって、その人にもできるだけのことをさせることになるでしょう。社会には貧困と、陰険な憎悪と、不和と、悪徳とがたくさん存在するということを確認するだけにとどまらないで、そんなふうに振舞ったならば、あなたは社会にいくらかの善を導き入れることになるでしょう。そしてあなたのと似たような善意の数が少しでもふえたならば、善は目に見えてふえ、悪は減ってゆくでしょう。けれどもよしんば、あなたがしたようなことをするのは依然としてあなた一人だとしても、あなたが唯一の道理あること、すなわちわれわれに与えられている単純なたわいない義務を果たしたことに変りはないでしょう。ところで、あなたはそれを果たしたことで、よい生活の秘訣の一つを発見したことになるのです。

人間の野心は大きなことを夢見ます。けれどもわれわれには大きなことは滅多にできるものではありません。たとい大きなことができる場合にも、急速確実な成功は常に辛抱《しんぼう》強い準備にささえられているものです。小さな事どもにおける忠実さが、達成されるあらゆる大きなものの基礎をなしているのです。われわれはこのことをあまりにも忘れがちです。とはいえ、知っておく必要のある一つの真理があるとすれば、それはこの真理なのです、とりわけ困難な時代や、生涯のつらい時期においては。人は難船の際には、甲板の破片や、櫂や、板の一片にしがみついて結構たすかるものです。人生の騒がしい波の上で、すべてが粉々にくだけたと思われる時には、それらの哀れな破片のただ一つでさえも、われわれの救いの板となるかも知れないことを思い出そうではありませんか〔すべてが粉々にくだけ散った後にも、なお何らかの破片が残っていないことはありません〕。意気銷沈とはこの手もとに残ったものを軽蔑することなのです。

あなたが破産したとしましょう。あるいは誰か大切な人に死なれたとしましょう。

あるいはまた、永い努力の結実があなたの眼の前で失われたとしましょう。あなたは身代を立て直したり、死んだ人をよみがえらせたり、水の泡となった骨折りを取りもどしたりすることはできません。あなたは取り返しのつかないものを前にして途方に暮れます。そこであなたは身じまいや、家政や、子供の監督をなおざりにします。それは恕《ゆる》すべきことですし、無理もないことだということはよくわかります。けれどもそれは実に危険なことです。病気をほったらかしておくことは、病気をさらに悪化させることです。

まだすべてが失われたわけではない

もはや何一つ失うものはないと思っているあなたは、ほかならぬそのことによって、まだあなたに残っているものを失うことになるのです。あなたの手もとの破片を拾いなさい、あなたに残っている僅《わず》かばかりのものを、注意ぶかく気を配って大切になさい。そしたらやがてその僅かばかりのものが、あなたをなぐさめてくれるでしょう。努力を怠ればその報いがわが身に返ってくるように、努力を達成すればそれがわれわれを救ってくれるのです。しがみつくものとしてはただ一つの枝しか残っていないとしても、その枝にしがみつくがいいのです。そして今更《いまさら》どうにもならぬと思われることを擁護すべく残っているのがあなた一人だとしても、あなたの武器を投げすて敗走者たちといっしょになってはいけません。大洪水の翌日には、幾人かの孤立した人々が本《もと》となってふたたび地上に人類がふえるものなのです。未来は時としては孤立したただ一人の人間の頭に基づいてのみ建てられることがあります、ちょうどたった一本の糸に生命がかかっていることもあるように。歴史と自然とに鼓吹されるがい い。歴史と自然とはその孜々《しし》としてやむ時のない進化において教えてくれるでしょう。災害も繁栄も最小の原因から起こることがあるということを、こまごましたものをなおざりにすることは賢明なことではないということを、そしてとりわけ待つすべを知り、やり直すすべを知っていなければならないということを。

簡素な義務について語っていると、わたくしは軍隊生活に思いを致さずにはいられません。人生というあの偉大な戦いの戦士たちに対して、軍隊生活が提供してくれている数々の手本に思いを致さずにはいられません。軍隊がひとたび敗れると、軍服にブラシをかけたり、銃を磨いたり、規律を守ったりすることをしなくなるような兵士は、兵士としての義務を解しない者でしょう。――そんなことをしても何になるのだ？　とあなたは言われるかも知れません。――何になるのだと言われるのですか？　敗れ方にもいろいろあるのではないでしょうか？　敗戦の不幸に加えるに、落胆や、無秩序や、瓦解《がかい》をもってすることが、どうでもいいことだと言うのでしょうか？　いや、そうではないのです。そのような恐ろしい瞬間には、ほんのちょっとした力強い行為でさえもが、暗夜の光のようなものであることを決して忘れてはなりません。それは生命と希望とのしるしなのです。まだすべてが失われたわけではないことが誰にもすぐわかるでしょう。

一八一三年から一八一四年にかけての、あの惨澹《さんたん》たる退却中のことです。冬の最《さ》中《なか》、身なりなどにはほとんど構っていられないはずだった時、何とかいう将軍が威儀堂々たる服装をし、新しくひげを剃って、ある朝、ナポレオン一世の前にまかり出ました。その将軍が、軍隊の瓦解の真っ最中に、まるで観兵式にでも臨もうとするかのように身じまいを正しているのを見て、皇帝は将軍に向っていいました。——将軍、あなたは勇敢な方ですなあ！

身近なものへの義務

簡素な義務はまた身近なものへの義務です。よくある弱さから、多くの人々は自分のすぐそばにあるものに対しては興味を覚えません。自分のすぐそばにあるものは、そのけち臭い側面しか見えないのです。これに反して遠方のものは人々を惹きつけ魅惑します。こうして善意の莫大な量が無益に費されています。人々は人類や、公共の福祉や、遠方の不幸に熱中し、人生の道を歩いてゆくに際して、かなた地平線のはてにあってわれわれの心を奪うすばらしいものの上にじっと眼を注いで、行き交う人々に気がつかずに肘でついたりします。

われわれのすぐそばにいる人々を見ることを妨げるこの弱さは、何という奇妙なものでしょう！　広く書を読み、大きな旅行をしたことがあっても、自分と同じ国の市民を——えらい市民であれ、ささやかな市民であれ——知らない人々がいます。そうした人々は、たくさんな人間の協力のおかげで暮らしていながら、それらの人間の運命に対しては無関心でいるのです。そうした人々は、自分たちに情報を与えてくれる人たちにも、自分たちを教育してくれる人たちにも、自分たちを治めている人たちにも、自分たちに仕えている人たちにも、自分たちに生活必需品を供給してくれる人たちにも、自分たちを養ってくれる人たちにも、かつて注意を向けたことがありません。自分たちのために働いてくれる者や、自分たちの奉公人や、要するにわれわれと欠くべからざる社会的関係を持っている幾人かの人間を知らないのは忘恩の沙汰であり、あるいは不明の沙汰であるということは、彼らの頭には一度も浮かんだことがないのです。

また他の人々はさらにひどいところまでゆきます。ある種の女たちにとっては自分の夫は未知の人間であり、ある種の男たちにとっては自分の妻は未知の人間です。自分の子供たちを知らない両親もあります。子供たちの成長、子供たちの考え、子供たちの遭っている危険、子供たちの抱いている希望は、そうした両親にとっては閉じられた書物も同然なのです。多くの子供は自分の両親を知らず、両親の苦労や、生活のための両親の闘いにかつて気がついたこともなく、両親の意図を見ぬいたこともありません。しかもわたくしがここで語っているのは悪い家庭についてではなく――すべての関係がゆがめられている、あの忌まわしい環境についてではなく、りっぱな人々から成っているまっとうな家庭についてなのです。ただこうしたすべての人々は、非常に気を取られているのです。めいめいがその関心をよそに奪われているので、それ以外のことに関心を向ける暇《いとま》がないのです。

遠方の義務がひどく魅力あるものだということは、わたくしも認めないわけではありませんが、そうした遠方の義務に惹かれてそれだけに没頭し、彼らは身近なものへの義務を意識しないのです。わたくしは彼らが無駄骨を折ることになるのではないかと恐れます。めいめいの活動の根拠地は身近な義務の領域です。この根拠地をなおざりにすれば、あなたが遠くで企てることはすべて危険に瀕するでしょう。ですからまずあなたの国の人、あなたの町の人、あなたの家の人、あなたの教会の人、あなたの仕事場の人でありなさい、そしてもしできるならば、そこから出発して遠くへ赴きなさい。これが簡単で自然な歩みです。人間というものはこれと反対の歩みをたどりがちであるところを見ると、大きな費用をかけてよほどつまらない理性を身につけるものと思わなければなりません。

いずれにしても、かくも奇妙な義務の混同の結果は、多くの人々は無数のことにかかわり合うくせに、当然その人々に求められていいことにだけは無関心である、ということです。誰でもが自分にかかわりのあること以外のことに没頭して、自分の持場をはなれ、自分の仕事を知らずにいる。これが生活を複雑ならしめるものなのです。めいめいが自分にかかわりのあることに没頭したら、その方がどんなにか簡単でしょうに。

つぐなうのは誰か

簡素な義務にはもう一つの形があります。何か一つの損害が起こったときには、誰がそれをつぐなうべきでしょうか？——損害を与えた人がつぐなうべきです。この答は正しい、けれどもこれは理論にすぎません。そしてこの理論をもってすれば、加害者が見つかって損害がつぐなわれるまでは、損害をそのままにしておかなければならないことになるでしょう。けれどももし加害者が見つからなかったら？ あるいはもし加害者がつぐなうこともできず、つぐなおうともしなかったら？ 瓦が砕けて頭の上に雨が降って来たり、ガラス戸がこわれて部屋に風が吹きこんで来たりしたとしましょう。あなたは屋根師やガラス屋を探しに行くのに、瓦やガラス戸をこわした者を逮捕させるまでお待ちになるでしょうか？ そんなバカなことがあるかとおっしゃるでしょう。ところがこうしたことが日常、実際におこなわれているのです。子供たちは憤慨して叫びます、「僕が投げたんじゃないんだよ、あれは。いやだい、僕があれを拾い集めなくっちゃならないなんて」。そしてたいていの大人たちもこれと同じ理屈をこねます。それは論理的です。けれども世界を進めるのは、そうした論理ではないのです。

それどころか知っておかなければならないことは、そして人生が毎日われわれに繰り返し教えていることは、ある人々によって起こされた損害は他の人々によってつぐなわれるということです。ある者は破壊し、他の者は建設します。ある者は汚し、他の者は清めます。ある者は喧嘩を煽り立て、他の者は喧嘩を鎮めます。ある者は涙を流させ、他の者はなぐさめます。ある者は不正のために生き、他の者は正義のために死にます。そしてこのようないたましい闘いの掟の達成にこそ救いはあるのです。これもまた論理的なことです。けれどもこれは理論の論理を色あせさせる事実の論理なのです。引き出すべき結論は疑問の余地がありません。

簡素な心を持った人なら次のような結論を引き出すでしょう。——害悪があるからには、大切なことはその害悪をつぐなうことであり、時を移さずそのつぐないの仕事に取りかかることである。悪の張本人たちがその悪をつぐなうことに協力しようというのであればそれに越したことはない。けれども彼らの協力をあまりあてにしてはいけないことを、経験はわれわれに教えている。

義務を果たす力

けれども義務はいかに簡単なものであろうとも、その義務を果たす力を持たなくてはなりません。この力は、何に存するものであり、どこに見いだされるものでしょうか？　これについてはどんなに語っても語り倦きるということはないでしょう。義務は、それが外部から促されて果たすべきものとしてしか見えない限りは、人間にとって敵であり、うるさいものです。義務が戸口からはいって来ると、人間は窓から出てゆき、義務が窓をふさぐと、人間は屋根から逃れ出ます。義務がやって来るのがはっきりわかればわかるほど、われわれは義務を確実に避けます。義務は巧妙な掏摸《すり》が常に避けることに成功する警官――公けの力と司直とを代表する、あの警官みたいなものです。悲しいことに、警官はそのような掏摸の襟頸に手をかけることはできても、せいぜい交番に連行するのが関《せき》の山《やま》で、正道に返らせることはできません。人間はその義務を果たすためには、こうしろ、ああしろ、これを避けろ、あれを避けろ、でなければお前の身があぶないぞ、と命じる力とは別の力の手中に落ちることが必要なのです。

この内部の力とは愛です。ある人が自分の職業を嫌ったり、いいかげんに職業に従事したりしている時には、地上のどんな力もその人を職業に熱中させることはできません。けれども自分の職能を愛している人はひとりでに歩いてゆきます。その人を強制することは無用であるばかりでなく、その人を自分の職能からそれさせることはできないでしょう。これはすべての人々にあてはまることです。大切なのは、われわれのしがない運命に、ある神聖にして不滅で美しいものをしみじみと感じたことがあるということです。ひとつづきの体験からこの人生をその苦悩と希望とのゆえに愛し、人間をその惨めさと高貴さとのゆえに愛しようと決心していること、そして心情と知性とによって腹の底から人類の一員たらんと決意しているということです。

そうすれば風が船の帆をとらえるように、一つの未知の力がわれわれをとらえ、憐れみと正義との方へわれわれを赴かせてくれます。するとこのさからえない力に押されて、われわれは言うのです。――わたしはこうするよりほかない、どうしてもこうせずにはいられないのだ、と。このような言葉によって、あらゆる時代、あらゆる環境の人々は一つの力を指しているのです。人間よりも高いものではあるが、しかし人間の心の中にとどまることのできる一つの力を。そしてわれわれのうちにある真に高められたあらゆるものは、われわれの力を超えたこの神秘のあらわれとしてわれわれに見えます。偉大な感情も、偉大な思想も、偉大な行為も、霊感によって生れるものなのです。木が緑になり、実を結ぶのは、地中から生命力を汲み、太陽から光と熱とを受けるからです。人間が、そのささやかな圏内にあって、無知と避けがたいあやまちとの只中《ただなか》で、自分の仕事に誠実に献身するのは、永遠に変わらない慈愛の泉と接触を保っているからです。

この中心的な力はいろいろな形の下にあらわれます。それはあるいは不撓不屈《ふとうふくつ》なエネルギーであり、あるいは人を愛撫する愛情であり、あるいは悪を攻撃して破壊する戦闘的精神であり、あるいは路傍に棄てられて傷つけられ忘れられている生命を拾いあげる母親の心づくしであり、またあるいは孜々として探究をつづける地味な忍耐です……。けれどもこの中心的な力にふれているものは、すべてそのしるしを持っています、そしてこの力に活気づけられている人々は、この力によってこそわれわれは存在し生きていることを感じます。この力に奉仕することは彼らの幸福であり、つぐないなのです。彼らは自分がこの力の道具であることに満足し、自分の職能の外面的な輝きの如何はもはや問題にしません。この世にはそれ自身偉大であるとかつまらないとかいうものはなく、われわれの行為とわれわれの生活の価値はただそれを貫く精神の如何にのみよるものであることを、よく知っているからです。

第六章　簡素な欲求

生きてゆくのに何が必要か

鳥屋で鳥を買うと、鳥屋はわれわれの新しい下宿人、すなわちその鳥が必要とするものを手みじかに教えます。そして衛生とか、餌とか、その他のことは、すべて数語に尽きます。同じように、たいていの人間の欠くべからざる必要品をかいつまんで挙げるには、いくつかの簡略な指示で十分でしょう。たいていの人間の食事は概して極めて簡単なものです、そして彼らはそうした食事を摂《と》っている限り、母なる自然の柔順な子供として健康です。けれどもそうした食事から遠ざかると、厄介《やっかい》なことが起こり、健康が悪化し、陽気さが消えうせます。ただ、簡素にして自然な生活だけが、有機体を充実したたくましい状態に維持することができます。この基本的な原則を記憶していないばかりに、われわれは最も奇妙な錯誤に陥るのです。

できるだけよい条件で物質的に暮らすためには人間には何が必要でしょうか？　健全な食べものと、簡素な着物と、衛生的な住いと、空気と、運動です。わたくしは衛生上のこまごましたことに言及しようというのでもなく、献立をこしらえようというのでもなく、模範住宅や衣服の裁断法を示そうというのでもありません。わたくしの目的は一つの方向を示すことであり、各人がその生活を簡素の精神において整えたら、どんなにか利益があるだろうに、ということなのです。——この精神がわれわれの社会に十分にみなぎっていないことを確かめるには、あらゆる階級の人々の生活ぶりを見ただけで足ります。さまざまな環境の、いろいろな人々に向って、あなたは生きてゆくのに何を必要としますか？　とたずねてごらんなさい。……彼らが何と答えるかがおわかりになるでしょう。これほど教訓的なものはありません。

パリのアスファルト道に住みなれた人の中には、いくつかのブールヴァールで限られたある地域の外では生きてゆけない人があります。その地域にこそ、呼吸のできる空気、よい光、ノーマルな温度、古典的な料理、そのほか望み次第のものがあって、そうしたものがなければこの地上を散歩してもつまらないというわけです。

ブルジョワ的な生活のいろいろな段階において、生きるためには何が必要であるかという問題に対しては、普通、野心や教育の程度に従って異なる数字によって答えられます。そしてこの教育とは、たいてい、生活の外面的な習慣、すなわち衣食住の仕方のことなのです。つまり全く皮相な教育のことなのです。ある程度以上の年金とか、利得とか、給料とかがあってこそ生活ができるのであり、それ以下では生活ができないというわけです。自分の財産がある最小限度以下に下ったからといって自殺した人々もあります。それらの人々は切りつめた生活をするくらいなら死んだ方がましだと思ったのです。彼らの絶望の原因となったこの最小限度の財産は、それほど生活費を必要としない他の人々にとってはまだしも堪えられるものであったかも知れないし、つつましい趣味を持った人々にとっては羨望すべきものであったかも知れない、ということに注意してください。

高い山々では標高に従って植物の分布が変ります。普通の耕作地帯、森林地帯、牧場地帯、裸の岩石地帯、氷河地帯といった工合です。――ある地帯より上にはもはや麦は見られないが、葡萄はまだ栄えていますし、槲《かしわ》はかなり低い地帯で見られなくなり、樅《もみ》は非常な高地でも生育します。人間生活とその必要品との関係はこのような植物の現象を思い出させます。

ある高度の財産のところでは、銀行家や、クラブ人や、社交界のえらい婦人たち――要するに幾人かの奉公人と幾台かの車、それから町や田舎にいくつかの邸宅を持つことを絶対に必要とするすべての人々が、成功しているのが見られます。それよりも下の方では、小綺麗な風俗や様子をした中産階級の上流の人々が花と咲いています。また他の地帯では、ゆとりのある、中流の、あるいはつつましい安楽な生活をしている人々、それぞれ生活上の必要の程度をひどく異にする人々が見られます。それから下層の民、職人や、労働者や、農民や、要するに大衆が来るわけですが、これは大きな植物がもはや育つことのできない山頂の小さな草のように、密生してひしめき合いながら暮らしています。

このような、社会の相異なるすべての地域で、人々は生きています。そしてそこに生きている人々は人間という点ではいずれも変りはないのです。同じ人間のあいだにかくも驚くべき生活必需品についての要求の相違があることは不思議に思われます。そしてここで、わたくしが引いた山の譬《たと》えは人間生活とは似たところがなくなります。同じ科の植物や動物は同じような生活上の必要を持っています。ところが人間生活に見られるものはそれとは反対なのです。われわれ人間の生活必需品の性質と数とには非常な弾力性があるという以外に、どのような結論を引き出すことができるでしょうか?

不満を抱く人々

個人の発展と幸福とのためには、また社会の発展と幸福とのためには、人間が無数の生活必需品を必要とし、その必要を満たすことに専心することが有益であり、望ましいというのでしょうか？　――まず最初に、下等な生物との比較をふたたび取りあげてみましょう。かれらはその欠くべからざる必要が満たされさえすれば、満足して暮らしています。人間社会でもやはり同様でしょうか？　いや、そうではありません。人間社会のあらゆる段階においてわれわれは不満な人々にぶつかります。最小限度の生活必需品にも事欠く人々のことはここでは全く例外です。寒さや、飢えや、貧困のために嘆いている人々を、不満な人々と同一視するのは不正であることを免れないでしょう。

わたくしがここで問題にしたいのは、要するに辛抱《しんぼう》できる程度の身分において暮らしているあの無数の人々なのです。彼らの不満はどこから来るのでしょうか？　十分にやってゆける程度ではあるが、しかしつつましい身分の人々のあいだにだけでなく、常に洗練を加えてゆく生活のニュアンスの下においても、さらには富裕な階級や、社会の最も上流の階級においても、不満が見られるのはどういうわけでしょうか？　暖衣飽食のブルジョワということが言われます。けれどもそれは誰が言うことでしょうか？　そうしたブルジョワを外から判断して、そうしたブルジョワは思う存分享楽しているから、本当に飽きあきしているにちがいないと考える人々が、そんなことを言うのです。けれども当の本人たちは自分を満ち足りたものと判断しているでしょうか？　決してそうではありません。金持ちで満ち足りた人々があるとすれば、それは彼らが金持ちだから満足しているのではなく、満足するすべを心得ているからこそ満足しているのだ、ということは確かです。

動物は腹を満たすと食い飽いて、横になり、眠ります。人間もやはりしばらくは横になって、眠ることがあります。けれどもそれは決して永つづきしません。人間は安楽に慣れ、安楽に倦んで、もっと大きな安楽を求めます。食欲は人間にあっては糧《かて》によって鎮まることがなく、食べているうちにますます盛んになってくるのです。これはバカげたことだと思われるかも知れませんが、事実は全くこのとおりなのです。

こうして、最も不平をこぼす人々は、ほとんど常に、満足していると自認してよいだけの最も多くの理由を持っている人々だという事実は、幸福がわれわれの生活必需品の数に結びついているものではなく、それらの生活必需品をふやそうとのわれわれの熱意に結びついているのでもないことを、よく証明しています。誰でもこの真理を肝に銘じておくことが大切です。誰であれ、この真理を肝に銘じておかなければ――誰であれ、勇気をふるい起こして、自分の欲求を制限することができなければ、その人は知らず知らず欲望の坂道にはいりこむ危険があります。

食ったり、飲んだり、眠ったり、着物を着たり、散歩したりするために、要するに自分に与えることのできるものをすべて自分に与えるために生きている人は、それが寝ころんで日なたぼっこをしている居候《いそうろう》であろうと、飲んだくれの労働者であろうと、自分のお腹《なか》の奴隷となっているブルジョワであろうと、お化粧に浮身《うきみ》をやつしている婦人であろうと、下劣な道楽者であろうと、高級な道楽者であろうと、あるいは単にお人よしで、物質的な欲求にあまりに易々《やすやす》と負ける俗悪な享楽主義者であろうと、欲望の坂道にはいりこんだ人であり、その坂道は致命的なものであるとわたくしは言うのです。その坂道を降りてゆく人々は、斜面の上をころがってゆく物体と同じ法則に従います。絶えず新しく生れる錯覚のとりことなって、彼らは自分に言います。——われわれの渇望をそそるあの物の方へ、もう数歩あるいてみよう、これが最後だ……。それから立ちどまればいいのだ、と。けれども彼らは加速度に引きずられて、行けば行くほど、その加速度に逆らえなくなります。

欲望の奴隷

これが現代人の多くの者の動揺と切歯《せっし》扼腕《やくわん》との秘密なのです。彼らは自分の意志を自分の貪欲の奴隷となしてしまったために、自業自得の罰を受けているのです。彼らは執念ぶかい野獣のような欲望の餌食《えじき》となっているので、この野獣のような欲望は彼らの肉を食い荒らし、彼らの骨を打ちくだき、彼らの血をすすって、飽くことを知らないのです。わたくしはここで何も超絶的な教訓を述べているのではありません。ただ、《人生》の語るところに耳を傾けながら、四辻《よつつじ》（十字路）がそのこだまを繰り返してやまない真理のいくつかを、ついでに書きとめているのにすぎません。

飲酒癖は、いかに新しい飲みものを考え出すとはいえ、渇きをいやす手段を見つけたでしょうか？　いや、そうではありません。飲酒癖は渇きを覚えつづける術であり、渇きを止めどのないものにする術であるといえましょう。淫蕩は官能の刺激を鈍らすでしょうか？　いや、それどころか却って官能の刺激をたかぶらせ、自然の欲望を病的な偏執や、固定観念に変えます。あなたの欲求をして勢力をふるわせ、その欲求を満たしつづけてごらんなさい。それは日なたの虫のようにふえてゆくのが見られるでしょう。欲求は満たせば満たすほど、ふえてゆくでしょう。単なる安楽にのみ幸福を求める者は無分別な人です。それは底なしのダナイドの樽を一杯にしようとするようなものでしょう。

数百万を持っている人々には数百万が不足し、数千を持っている人々には数千が不足します。また他の人々には二十フランの貨幣や、百スーの貨幣が不足します。彼らは鍋の中に牝鶏《ひんけい》を持っている時には鵞鳥《がちょう》をほしがり、鵞鳥を持っている時には七面鳥をほしがるといった工合に、次々に欲望が出て来ます。このような傾向がいかに禍いとなるものであるかは想像もつきません。世には富豪の真似をしたがる小市民や、ブルジョワの猿まねをする労働者や、良家の令嬢を気取る庶民の娘や、クラブ人や有閑階級の真似をする下級サラリーマンが、多すぎます。そして裕福な階級においても、あらゆる種類の享楽をしたあげくに、自分の財力では決して十分な享楽はできない、ということに気づくようなことをするよりは、もっと気のきいたことに自分の財力は役立つかも知れない、ということを忘れている人々が多すぎます。われわれの生活上の欲求は、本来われわれに奉仕すべきものであるのに、騒々しい、手におえない群衆、いわば小型の暴君の一団となっているのです。自分の欲求の奴隷となっている人間は、鼻に環を通されて、思うままにどこへでも連れてゆかれ、踊りを踊らされる熊にこそ最もよく譬えられます。この譬えは愉快なものではありません。けれども真に迫ったものであることを白状しなければなりません。騒ぎ回ったり、叫んだりして、自由とか、進歩とか、何とか、口走っているあれほど多くの人々は、自分たちの欲求に引きずられているのです。彼らは自分たちの主人の気に障らないかどうかと自問することなしには、人生の道を一歩も踏み出すことができないでしょう。いかに多くの男や女が、あまりにたくさんの欲求を覚えて、簡素な生活に甘んじることができなかったばかりに、次第次第に不徳義なことまでするようになったことでしょう。〔パリの〕マザの監獄の監房には、あまりにも無理な欲求を覚えることの危険について詳しく話してくれることのできる囚人たちがたくさんいます。

わたくしが知っていたあるけなげな男の話をさせてください。

彼は妻子をやさしく愛していました、そしてフランスに住んで、その労働で、りっぱに安楽に暮らしていました。けれども安楽とはいっても、その収入は彼の細君のぜいたくな欲求を満たすには程遠かったのです。少し簡素にさえしたら、裕福な生活ができたでしょうに、いつも金に困った彼は、家族を国に残したまま、金のもうかる遠い植民地に、とうとう出かせぎに行ってしまいました。この不運な男があちらで何を考えているかは知りません。けれども家族の者たちはそれまでよりも立派なアパルトマンに住み、それまでよりもきれいな身なりをし、まあ奉公人みたいなものをかかえています。それで今のところは彼らの満足は非常なものです。けれども彼らはやがてこのぜいたくに——何といってもまだたいしたものではないこのぜいたくに慣れるでしょう。しばらく経つと、細君は自分の家の家具をつまらないものに思い、奉公人たちももっとぱっとしたのを雇いたがるようになるでしょう。この男が細君を愛しているとすれば、そしてそれは疑う余地のないことですが、この男はもっと高い給料をもらうためなら月の世界にでも移住するでしょう。

——また別のところでは、役割がこれと反対になっています。すなわち、家長がふしだらな生活や、賭博や、そのほかいろんな金のかかる常軌を逸したことで、自分の義務を打ち忘れ、湯水のように金を使うので、妻子がその犠牲になるのです。このような男は自分の貪欲と父親としての役目とのいずれを選ぶかという問題で、前者を選ぶことに決めてしまっているわけです。こうしてこのような男は、次第次第に最も卑しい利己主義へと流されてゆきます。

このようなあらゆる品位の忘却、このような気高い感情の漸進的麻痺は、単に裕福な階級の道楽者だけに認められるものではない。庶民階級の男もまたこのような病気にかかります。本来ならば幸福であることのできるささやかな世帯でありながら、気の毒な主婦は明け暮れ心労と悲しみばかりをなめ、子供たちは靴もはかず、ともすれば三度のめしにも事欠く、といったような世帯を、わたくしはたくさん知っています。これはなぜでしょうか？　なぜなら父親に金がかかりすぎるからです。アルコール代だけについていっても、それが二十年このかたどんな割合に達しているかは人の知るとおりです。アルコールというあの底なしの淵が呑みこんだ金額はべらぼうなものです、それは一八七〇年の〔普仏〕戦争の賠償金の二倍にも上っているのです。

不自然な生活上の欲求の糧として投げすてられるものを以てしたら、どれほど多くの正当な生活上の必要を満たすことができたでしょう。生活上の欲求が君臨している世の中は相互扶助の世の中ではなく、それどころではありません。人間は自分自身のために多くの物を必要とすればするほど、隣人のためには尽くすことができません、血縁でつながった人々のためにさえも。

不羈独立の源泉

幸福と、不羈独立と、道徳的デリケートさとが少くなること、そればかりか相互扶助の感情までも少くなることが、生活上の欲求に負けることとの結果です。いや、そのほかに、他の無数の不都合なことをつけ加えることができましょう。しかも公共の財産や健康の動揺が、その不都合の最たるものではないのです。あまりにも大きな欲求を持つ諸々の社会は現在に夢中になり、過去において確実に取得したものを現在のために犠牲にし、また未来をも現在のために犠牲にするものです。後は野となれ山となれというわけです！　金をつくるために森林を裸にし、まだ青いうちに麦を食べ、永い努力の結実を一日でぶちこわし、暖をとるために家具を燃やし、現在の瞬間を楽しくするために未来に負債を負わせ、その日暮らしをして、明日の困難や、病気や、破産や、羨望や、遺恨の種をまく、等々、この悪しき生活態度の害悪を一々あげようとしたら切りがないでしょう。

これに反して、われわれが簡素な欲求に甘んじていれば、われわれはこうしたあらゆる不都合なことを避け、その代りに無数の利益を受けることができるでしょう。節食や節制が健康を守る最上の手段であることは今更言《いまさら》うまでもありません。節制を守る人は人生を悲惨なものにする多くの惨めさを免れ、健康と、行動への愛と、知的均衡とを、しっかりとつかみます。衣食住のいずれに関しても、簡素の趣味はその上、不羈独立と安全との源泉です。あなたは簡素な生活をすればするほど、あなたの将来を護ることになるでしょう。あなたは不時の災難や、不運に翻弄されることが少いでしょう。

病気になったり、失業したりしても、それくらいで路頭に迷うこともないでしょう。境遇の変化、たとい著しい境遇の変化に遭っても、茫然となることはないでしょう。あなたは簡素な欲求を持っているのですから、身の上の変化に順応することもさして苦痛ではないでしょう。あなたは地位や年金を失っても、やはり一個の人間としてとどまっているでしょう。なぜならあなたの生活がよって以て立っているその基礎は、あなたのテーブルでもなく、あなたの穴倉でもなく、あなたの廐舎でもなく、あなたの家財道具でもなく、あなたのお金でもないからです。

あなたは逆境にあっても、おしゃぶりや哺乳器を取りあげられた乳児《ちのみご》のような振舞いをすることはないでしょう。あなたはそれよりももっと強く、戦いのためにもっとよく武装されていて、髪を短く刈っている人々のように、敵手からつかまえられにくいばかりでなく、隣人のためにもっと尽くすことができるでしょう。あなたはぜいたくを見せびらかしたり、不正なことに金を費やしたり、寄生的な生活をしたりして、隣人のそねみを買ったり、隣人の下劣な貪欲を刺激したり、隣人の排斥を食ったりすることもないでしょう。そして自分自身の安楽を追うことをそれほど必要としないあなたは、他人の生活を安楽にしてやるために働く手だてを持ちつづけることができるでしょう。

第七章　簡素な楽しみ

不満の種と原因

あなた方は現代を楽しいと思いますか？　わたくしは、現代は全体としてむしろ悲しいと思います。そしてわたくしはわたくしのこの印象が、全くわたくしだけのものではないのではないかと恐れます。現代人の生活ぶりを見たり、現代人の話しているところを聴いたりしていると、彼らはあまり楽しんではいないという感じを、わたくしは不幸にして強くせずにはいられません。とはいえ、これは彼らが楽しもうとしないということではない。楽しもうとしないわけではないが、しかしうまく楽しめないのだということを白状しなければなりません。これはいったいどうしたわけでしょうか？

ある者は政治や諸々の事件を責め、またある者は社会問題や軍国主義を責めます。大われわれの大きな気がかりをかぞえ挙げようとすれば、その選択に迷うだけです。大きな気がかりをかぞえ挙げるのが済んだら、さあ今度は行って楽しむがよい。ところがわれわれのスープはあまりにも胡椒がききすぎているので、われわれはそれをよろこんで吸うわけにはゆかないのです。われわれは無数の障害を両腕にかかえていて、その障害のたった一つでもわれわれの気分をそこなうに十分でしょう。

朝から晩まで、あなたはどこへ行っても、忙しい、いらいらした、他のことに気をとられている人々に出会うでしょう。ある者は気むずかしい政治の意地の悪いいざこざに巻きこまれて生気を失い、また他の者は文学や芸術の社会で出会った卑劣なやり口やそねみに嫌気を催させられています。商業上の競争も人々の眠りを妨げるものであり、あまりにも無理な学科課程やあまりにも忙しい職業は、若い人たちの生活を台なしにしますし、労働階級は絶え間のない産業上の闘いの結果を蒙《こうむ》ります。今日の世界では威光がなくなりつつあるから、政治を行うことは不愉快となり、尊敬が減りつつあるから、教職にたずさわることは不愉快となります。どこへ眼を投げても、到るところに不満の種がころがっています。

とはいえ歴史上には、現代に劣らず牧歌的な静けさが欠けていた苦しい時代でありながら、しかもどんなに重々しい事件にも妨げられずに人々が陽気でありえた時代があります。それどころか、時代の重々しさ、明日の不安、社会的激動のはげしさが、時に応じては新しい生命力の源泉となるかにさえ見えます。兵隊たちが戦闘の合間に歌を歌うのが見かけられるのは稀ではありませんし、人間のよろこびは最もつらい時、障害の只中《ただなか》においてこそ、その最も美しい凱歌を挙げて来た、といっても間違いではあるまいと思います。けれども戦いを前にしてすやすやと眠ったり、騒乱の巷《ちまた》で歌を歌ったりした人々は、そうするだけの内面的な動機を持っていたのです。そしてこれが現代のわれわれには恐らく欠けているのです。よろこびは対象のうちにあるのではなく、われわれのうちにあります。われわれの現在の不快――われわれに滲みこんでくるあの伝染性の不機嫌の諸原因は、少くとも外部の諸事情に在ると同じ程度にわれわれに在ると思わざるをえません。

現代のわれわれに欠けているもの

心から楽しむためには、自分がしっかりした一つの基礎の上に立っていることを感じなければなりません。人生を信じ、人生を自分のうちに持っていなければなりません。そしてこれが現代のわれわれに欠けているものなのです。

多くの人々は、悲しいかな、若い人々でさえも、今日では人生と仲たがいをしています。しかもそれは哲学者たちばかりではないのです。つまるところ、何物もかつて存在しなかった方が恐らくましだったかも知れない、といったような下心を持っていながら、どうして楽しむことができるでしょうか？

その上、現代人の生活力は低下しているようで気になりますが、これは人間が感覚を刺激しすぎたせいであるとしなければなりません。あらゆる性質の過度な濫用がわれわれの官能をゆがめ、われわれの幸福を享ける能力をそこなったのです。自然はそれに対して加えられた異常なことどもの下で押しつぶされます。生きんとする意志は、その根源を深く冒されながらも、やはり存在しつづけていて、不自然な手段によって自らの意志を満足させようと努めます。医学の領域では、人工呼吸や、人工栄養や、電流などの力を借りることがあります。それと同じように、息も絶えだえな《快楽》のまわりには、その《快楽》を蘇《よみがえ》らせたり、活気づけたりすることに忙しい無数の人々が見られます。どんな巧妙な手段も考え出されています。人々が費用を惜しんだとはいえないでしょう。可能なことも、不可能なことも、あらゆることが試みられて来ました。けれどもそのような複雑な蒸溜器を以てしても、本当のよろこびの滴《しずく》は一滴も蒸溜されるに至らなかったのです。

快楽と快楽の諸道具とを混同してはなりません。画家であるためには画筆を握っただけで十分でしょうか？　音楽家であるためにはストラディヴァリウスの手に成るヴァイオリンを高い金を出して買っただけで十分でしょうか？〔そうでないことはいうまでもありません」。同じように、楽しむためにどんなに完全な、どんなに巧妙な外部的な道具立てを揃えていたところで、そのためにいっそう楽しめるというわけのものではないでしょう。けれども偉大な画家は、炭のかけらででも不朽のエスキスを描くことができます。絵を描くには才能や天才がなければなりません、楽しむには幸福を享ける能力を持っていなければなりません。誰であれその能力を持っている者は、僅かの費用で楽しめるのです。この能力は懐疑主義や、不自然な生活や、濫用によって人間のうちで破壊され、信頼、節度、活動と思索とのノーマルな習慣によって維持されます。

素朴さにある楽しみ

わたくしが上に述べたことの立派な証拠は（そしてそれは極めて容易に拾い集められる証拠ですが）、簡素にして健全な生活のあるところではどこでも、匂いが造花でない自然の花に伴っているように、真の楽しみがその生活に伴っているという事実の中に見いだされます。そのような生活は、たとい困難で、妨げられていて、われわれが通常、楽しみのほかならぬ条件と考えているものを欠いていても、デリケートで稀な植物、よろこびという植物が、そこに育つのが見られます。その植物は敷きつめられた舗石《ほせき》のあいだからも、壁の凸凹のあいだからも、岩の割れ目のあいだからも芽を出します。人々はそれがどうして、どこから出て来るのかと自問するでしょう。けれどもそれは生長するのです。ところが、温室の中や、たっぷり肥料を施した土地に、金にあかせて栽培すると、その植物は色あせて、あなたの指のあいだで枯れてゆくでしょう。

俳優たちに訊いてごらんなさい、喜劇を観て最も楽しむのはどんな観客であるかと。俳優たちは答えるでしょう、それは庶民的な観客であると。この理由をつかむことはさして困難ではありません。そのような観客にとっては、喜劇は一つの例外なのです。彼らは喜劇をやたらに観たために、喜劇に飽きあきしているというようなことがないのです。それに、観劇は彼らのはげしい疲労に対する休息なのです。彼らが味わっているこの楽しみは、彼らがまっとうな労働によって獲たものなのです。それで彼らは額に汗して獲た小金の価値を知っているのと同様、この楽しみの価値を知っているのです。のみならず、彼らは楽屋に出入りしたこともなく、役者たちのいざこざにかかわり合ったこともなく、舞台裏のかけひきも知らないので、芝居を実際に起こったことだと思いこむのです。すべてこれらの理由から、彼らはまじりけのない楽しみを楽しむわけです。わたくしにはここから、あのボックス席で片眼鏡《モノクル》を光らして

いるすれっからしの懐疑の徒が、おもしろがっている群衆の上にあざけるような視線を投げて、

哀れな連中よ、間抜け者よ、無知蒙昧な田舎者よ！

と心につぶやいている姿が見えます。

とはいえ彼らこそ真に生きている人間なのであり、これに反してあの懐疑の徒は人工的な人間であり、マネキン人形であって、あの美しい有益な、一時間の率直なよろこびの陶酔を覚えることができないのです。

不幸にして素朴さは無くなりつつあります、庶民のあいだからさえ無くなりつつあります。われわれは都会の民衆が、そしてそれに次いで田舎の民衆が、よい伝統を棄てるのを見ています。アルコールや、賭博熱や、不健全な読書のために腐敗させられた精神は、次第次第に病的な趣味を持つようになります。かつては簡素だった環境にも不自然な生活が侵入して来ます。そうなれば葡萄の木が虫に食われはじめたようなものです。質朴なよろこびのたくましい木もその樹液が涸れ、その葉が黄ばんでしまいます。

よい古風な田園の祭を、自ら近代化されたと称する村祭と比べてごらんなさい。一方では、むかしながらの慣習の枠を守って、頑健な田舎びとたちが郷土の唄を歌い、

農民の衣裳をつけて郷土の踊りを踊り、自然のままの飲みものを飲んで、満足しきっているように見えます。彼らは、鍛冶屋が鍛え、滝が落ち、若駒が牧場ではね回るように、楽しみます。その楽しい気分はそれを見ている人々にもうつり、人々の心を浮き立たせます。我にもあらず人々は、「うまいぞ、子供たち！　そうだ、そうだ！」とひとりごとをいい、仲間に入れてくれと頼むでしょう。

そうかと思うと、他方、わたくしの眼には、都会人めかした村びとたちや、流行の服飾品を身につけて醜くなった農婦たちが見えます。このような祭の主な飾りといえば、安料理屋で歌われるような俗謡を調子はずれに歌う堕落した連中の一群にすぎません。そして時には主賓席に田舎回りの大根役者が数人のさばり返っています。これらの田舎者たちを垢抜《あかぬ》けさせ、彼らに洗練された楽しみを味わわせようとして、祭をあてこんでやって来た役者たちなのです。飲みものは、じゃがいもの火酒を基としたリキュールやアブサンなどです。すべてここには何一つ独得なものはなく、何一つ絵のようなものはありません。おそらく投げやりと、俗悪さはあるかも知れないが、素朴な楽しみにあるあの自由奔放さはないのです。

他人をほほえませるよろこび

この、楽しみの問題はかんじんな問題です。落ちつき払った人々は、概してこの問題を無価値なものとしてなおざりにし、功利的な人々は金のかかる余計なものとしてなおざりにしています。快楽の人という名で指される人々は、猪が庭園の中をかき回すように、いかにもデリケートな領域をかき回しています。人々はよろこびというものに結びついている非常に大きな人間的利害には夢にも気づいていないようです。よろこびとは、はぐくまなければならない聖なる焔であり、人生の上に輝かしい光を投げるものなのです。よろこびを維持することに執着する人は、橋を建設したり、トンネルを穿《うが》ったり、土地を耕したりする人に劣らず有益な仕事を、人類のためにする人です。人生の勤労や苦痛の只中にあっても、幸福でありうる機能を自己のうちに持ちつづけるような工合に振舞うことは、そして一種のありがたい伝染作用によって、その機能を同胞のあいだにひろめることができるような工合に振舞うことは、言葉の最も気高い意味で相互扶助の仕事をおこなうことです。いささかの楽しみを与え、憂わしげな人の眉を開かせ、暗い道にいくらかの光をともすことは、この哀れな人類にあって何という本当に神聖な務めでしょう！　けれども非常な心の簡素さによってのみ、この務めは果たすことができるのです。

われわれは自ら幸福であり、また他人を幸福にしてやれるほど単純ではありません。われわれには善良さと、自己を脱却する力とが欠けています。われわれがよろこびや慰めをひろげるその仕方は、却って否定的な結果がもたらされるような仕方なのです。ある人をなぐさめるために、われわれはどんなことをするでしょうか？　われわれはその人の苦しみを否定したり、論議したりして、その人が自分を不幸だと思っているのは間違いだということをその人に納得させようと躍起《やっき》になります。それは真理の言葉に翻訳すると、実はこういうことになります。「友よ、君は苦しんでいるが、それはおかしなことだ。君は間違っているにちがいない、その証拠に僕は何の苦しみも感じないのだからね」。一つの苦しみをやわらげてやる人間としての唯一の手段は、その苦しみを心から共にすることである以上、このような慰め方をされる不幸な人はどんな感じを覚えるでしょうか？

われわれの隣人の気を晴らし、隣人に楽しいひと時を過ごさせるためにも、われわれは同じように振舞っています。すなわちわれわれは隣人をしてわれわれの才気を感嘆させたり、われわれの機智を笑わせたり、われわれの家に出入りさせたり、われわれの食卓に掛けさせたりしますし、どこででもわれわれは自分を見せびらかそうとのみ気を遣っています。時にはまた、われわれが選んだ気晴らしを、さも庇護者のような鷹揚《おうよう》さで、隣人にめぐんでやります。そして隣人から金を巻きあげようとの下心から、隣人にトランプをしようとすすめるように、いっしょに遊ぼうと誘うこともないではありません。他人にとってのすぐれた楽しみが、われわれに感嘆したり、われわれの優越を認めたり、われわれの道具になったりすることであるとでもあなた方はお考えでしょうか？　自分が利用され、庇護され、雇い拍手屋の一人にされていると感じることほど世にも不愉快なことがあるでしょうか？

他人に楽しみを与え、また自分も楽しみを覚えるためには、憎むべき自我をまず遠ざけ、気晴らしのあいだじゅう、自我を鎖につないでおかなければなりません。自我ほど座興をさまさせるものはないのです。子供のように率直で、愛想よく、親切であろうではありませんか。われわれのメダルや、勲章や、肩書はひっこめようではありませんか。そして心からわが身を他人のなすがままに任せようではありませんか！

時には、ほんの一時間でもいいから、他のすべてのことをやめて、他人をほほえませるために生きようではありませんか。その犠牲は見かけだけのものにすぎません。自分の周囲の者にいくらかの幸福と忘却とを獲させるためにさりげなく自己をささげるすべを知っている人々以上に、自ら楽しむ人々はないのです。

いつになったらわれわれは単に人間となって、日々の生活でわれわれの神経をいらいらさせているすべてのものを、われわれの楽しみの集まりで最前列に出さないようになるでしょうか？　われわれはせめて一時間でも、われわれの自負や、われわれの分裂や、われわれの階級的差別や、要するにわが身を忘れて、子供にかえり、あれほど多くの善をなし人間をよりよいものになすあの善良な笑いを、今なお笑うことができないものでしょうか？

重荷を負った人たちへの思いやり

わたくしはここで全く特別な種類のことを一つ急いで指摘して、よき意図を持っていられる読者の方々が、一つのすばらしい仕事に取りかかられるような、そういう機会を提供したいと思います。わたくしの目的は、楽しみという見地からかなりなおざりにされている幾つかの種類の人々に対して、読者の注意を向けることなのです。箒《ほうき》は掃くことにしか役立たず、如露《じょうろ》は水を撒くことにしか役立たず、コーヒー挽きはコーヒーを挽くことにしか役立たないと考えられていますが、同じように看護人は病人の世話しかできず、教授は教えることしかできず、僧侶は説教をしたり、埋葬をしたり、懺悔を聴いたりすることしかできず、歩哨は見張りしかできないものと考えられています。この考え方からすると、最もまじめな仕事にたずさわっている人たちは、牛が耕作をすると決まっているように、それぞれの職能にしばりつけられているということになります。気晴らしはこのような種類の活動とは両立しないというわけなのです。

こうした見方をさらに押し進めてゆくと、病身な人たちや、悲しみに沈んでいる人たちや、破産した人たち、要するに人生の敗残者や、すべて何かの重荷を負っている人たちは、山の北斜面のように陰の側にいるものであって、必ずそうでなければならないと考えてよい、と思われて来ます。そこで人々は概して次のように結論するのです、すなわち重々しい人たちには楽しみの必要はなく、重々しい人たちに楽しみを提供するのは不作法なことであろうと。悲しみに沈んだ人たちはといえば、そういう人たちの悲しい想念の糸を断ち切ることはデリケートな心づかいにもとるということになるでしょう。こういうわけで、ある種の人たちはいつも厳《いか》めしくしているように運命づけられており、それらの人たちには厳めしい顔つきをして近づかなければならず、それらの人たちに向っては厳めしい事柄についてしか語ってはいけない、ということが認容されているように見えます。

病人を見舞いにゆく時には戸口のところで微笑を棄て、不幸な人に会いにゆく時には暗い顔や、悲しげな様子をして、話題も悲痛なものを選ばなければならない。ちょうどそれと同じように、人々は暗い境地にいる人たちには暗いものをもたらし、蔭にいる者には陰気なものをもたらすのです。人々は孤独な人たちの孤独をさらに深め、陰鬱な生活の単調をさらに甚だしくすることに寄与するのです。人々はある種の人たちの生活を土牢みたいなものの中に閉じこめ、彼らの荒涼たる隠れ家のまわりには草が生えているからといって、彼らに近づく時には墓に近づく時のように低い声で話すのです。このようにして毎日この世の中でおこなわれている地獄のような残酷な仕業に誰が気がついているでしょう！　こんなふうであってはなりません。

いかめしい仕事にたずさわっている男女や、人間の惨めさを日常眼にし、傷口に繃《ほう》帯《たい》をしてやるいたましい役目を持った男女にあなた方が会われる時には、それらの人々もあなた方と同じ人間であり、あなた方と同じ欲求を持っているということ、そしてそれらの人々も楽しみと忘却とを必要とする時があるということを思い出してください。あれほど多くの涙と苦痛とを見ているそれらの人々を時として笑わせたからといって、それらの人々をその使命からそれさせることにはならないでしょう。それどころか、その勤労をいっそうよくつづけるための力を、それらの人々に取りもどさせてやることになりましょう。

また、試練を受けた家族や、悲嘆に暮れた個人があった際には、まるで伝染病の患者を避けるように、それらの家族や個人を交通遮断線で取りかこんではいけません。あなた方が用心をしながらやっとのことでその交通遮断線を越えると、それは彼らに自分たちの悲しい運命を思い出させるからです。それとは反対に、心からの同情と、彼らの苦しみに対する尊敬とを示した後に、彼らをなぐさめ、彼らを助けて生きる力を出させておやりなさい。外部の匂いを、――要するに彼らの不幸は彼らを世間から逐《お》い立《た》てるものではないということを彼らに思い起こさせる何かを、彼らにもたらしておやりなさい。

また、忙しい仕事を持っていて、いわばその場に釘づけにされているすべての人々にあなた方の同情を及ぼしておやりなさい。世の中には決して休息もとらず楽しみも持たない犠牲に供された人々がいっぱいいます。それらの人々にとってはちょっとした自由や、ほんのささやかな休息でさえも非常なめぐみなのです。われわれがそこに思いを致しさえすれば、そのような最小限度のなぐさめを彼らに得させるのはいとも容易なことでしょう。

けれども前に述べましたように、箒は掃くためのものであるからには、疲れを覚えるなんてことはありえないと思われがちなのです。いつも下積みの仕事にたずさわっている人々の疲労をわれわれが見ることを妨げる、あの盲目的な態度を棄てなければなりません。危険な地帯に打ち忘れられた《義務》の歩哨たちと交代してあげようではありませんか。シシュフォス＊にせめて一時間でも息をつく暇を与えてあげようではありませんか。家事や子供の世話で奴隷のようになっている主婦に、一時《いっとき》でも代ってあげようではありませんか。病人の傍らで長い徹夜をしてくたくたになっている人々を寝かせるために、われわれの睡眠をいくらかでも犠牲にしようではありませんか。散歩をしても必ずしもおもしろくない思いをしていられるにちがいない娘さんよ、炊事婦のエプロンをお掛けなさい、そして炊事婦を野原に出しておやりなさい。こうすればあなた方は人を幸福にしてあげることになり、あなた方自身も幸福になるでしょう。

われわれは重荷を負った人々の傍らを絶えず歩いています。その重荷はたといしばらくにしろわれわれが背負ってあげることのできるものなのです。けれどもその短い休息だけでも苦患をいやし、多くの人々の心に消えたよろこびを蘇らせ、人間のあいだの善意に広い道をひらくに十分でしょう。人々が互いに心から相手の立場に立つすべを知っていたら、どんなにか人々はいっそうよく理解し合えることでしょう、そしてどんなにか生きることがいっそう楽しいことでしょう！

＊　ギリシア神話の人物。コリント市を建設してその王となったが、狡猾残忍であったので、

死後、地獄で、絶えず転落して来る大石を丘の上に押し上げる罰を受けた。アルベール・カミュがその『シシュフォスの神話』で、この人物に人間の象徴を見ている。〔訳註〕

青年に楽しみの機会を

わたくしは青年のあいだにおける楽しみの組織については別のところで述べましたので、ここでふたたび詳しくは述べないことにします。*けれどもどんなに繰り返しても繰り返しすぎることのないかんじんのことだけを言っておきたいと思います。それはすなわち、あなた方が青年の道徳的であることを望まれるならば、青年の楽しみをなおざりにしてはならない、青年に楽しみを得させる心づかいを偶然に任せてはならない、ということです。

あなた方は答えられるかも知れません。青年はその気晴らしを規律されることを好まない、それに今日の青年は甘やかされており、遊びすぎるばかりであると。わたくしはまず答えましょう。何も規律しなくても、楽しみの観念を示唆し、楽しみの方向を示し、楽しみの機会をつくることができると。次にわたくしは、あなた方が青年は遊びすぎると思っていられるならば、それは間違いであることを指摘したいのです。

生活を花咲かせ、輝かす代りに、生活をしぼませる不自然な、いら立たせる、頽廃的な楽しみを除いては、今日、青年にはごく僅かのものしか残っていません。正当な使用の敵であるあの《濫用》が地上を泥だらけにしてしまっていますので、あの《濫用》に汚されていない何かにふれることは困難になっています。そのために数限りない用心や、防衛や、禁止が必要とされるのです。不健全な楽しみに似たものをすべて避けようとすれば、われわれはほとんど身動きもできません。現代の青年、とりわけ自分を大切にする青年にあっては、楽しみの欠乏が深刻な苦しみをもたらしています。楽しみというこの豊醇な葡萄酒が飲めなくて不都合がないということはありません。このような状態がつづけば現代の青年たちの頭上には、必ずや暗い影が濃くなってゆかずにはいないでしょう。彼らを救ってあげなければなりません。

われわれの子供たちは陽気でない世界を受け継いでいます。われわれは彼らに数々の大きな気がかりや、厄介《やっかい》な諸問題や、束縛と複雑なものとに満たされた生活を遺してゆくのです。せめては努めて彼らの時代の朝を明るくしてあげようではありませんか。彼らのために楽しみを設けてやり、身を寄せる所をつくってやり、われわれの心と家とを開いてあげようではありませんか。家庭をわれわれの遊びに加えようではありませんか。陽気さが輸出向きの品物でなくなりますように。われわれの陰気な家庭の内部に背を向けて街上に走り出るわれわれの息子たちや、孤独のうちに退屈しているわれわれの娘たちを呼び集めましょう。家庭の記念祭や、パーティや、水入らずの遠足をできるだけたびたび催しましょう。われわれの家で上機嫌を一つの制度の高さにまで高めましょう。

学校もこれに加わりますように。先生と生徒とが——小学生も大学生も——もっとたびたび会合していっしょに遊びますように。そうすればまじめな勉強がはかどるでしょう。自分の先生をよく理解するには先生といっしょに笑った経験にまさるものはなく、また逆に学生や生徒をよく理解するには、教室や試験場以外のところでその学生や生徒を見たことがなければなりません。

——で、そんな金は誰が出すのですか？　——何という質問でしょう！　それこそ全く間違った考えです。楽しみと金——人はそれを同じ鳥の二つの翼だと思いこんでいます。悲しいかな、これは大きな錯覚です！　楽しみは、この世における真に貴重なすべてのものと同様、売られるものでもなく買えるものでもありません。楽しむためには身をもって楽しまなければなりません。それがかんじんのことなのです。できれば、またそうすることが有益だと思われるならば、あなたの財布をあけても一向差しつかえありません。けれどもわたくしは断言しますが、それは欠くべからざることではないのです。楽しみと簡素とは二人の古い知合いです。さりげなく人を迎え、さりげなく会合なさい。まずよく働いて、あなたの仲間たちに対してできるだけ愛想よくし、誠実をつくし、その場に居合せない人々の悪口を言わないようにするならば、成功はたしかでしょう。

＊　なかんずく『青春』の「よろこび」の章参照。〔原註〕

第八章　営利精神と簡素と

金銭では買えないもの

われわれは前の章で、ついでながら、世上にひろくおこなわれている一つの偏見にふれました。それは金銭に魔術のような力があるとする偏見です。こうして際《きわ》どい問題に近づいたからには、われわれはこの問題を避けずに、この問題に言及してみましょう。この点については、語るべき幾多の真理があることを確信するからです。それらの真理は新しいものではありません。けれどもいかにも忘れられているものなのです！

われわれはどうしても金銭なしにすますことができようとは思えません。あらゆる害悪を金銭のせいにするある種の理論家や立法家が今日までになし得たことは、金銭の名や形を変えることだけでした。けれども彼らは物の商品価値をあらわす何かのしるしなしには、決してすますことができなかったのです。金銭を廃止しようとすることとは文字を廃止しようとすることと同様の試みです。それにもかかわらずこの金銭の問題が非常に人の心を乱す問題であることに変りはありません。それはわれわれの複雑な生活の主な要素の一つを形づくっています。われわれがその中でもがいている経済的困難や、社会的慣習や、近代生活の一切のからくりが、金銭を非常に高い位置に引きあげているのですから、人間の想像力が金銭に王権のようなものがあるとしているのも驚くにあたりません。それでわれわれはこの方面から問題に近づいてゆかなければなりません。

金銭という言葉は商品という言葉と対《つい》をなしています。商品がなかったら金銭は存在しないでしょう。けれども商品がある限り、どんな形においてであろうと、金銭があるでしょう。金銭がその中心となっている一切の濫用の源は、一つの混同に発しています。商品という言葉と概念との中には互いに何の関係もない物がいっしょくたにして入れられているのです。人々は何の金銭価値もありえず、またあるはずのない物に、金銭価値を与えようとしたのです。売買の観念は当然、縁なきものであり、敵であり、占奪者であると見られてよい領域に、売買の観念が侵入したのです。麦や、じゃがいもや、葡萄酒や、織物が売られるものであり、人がそれらのものを買うのは正当なことです。

人間の勤労が人間に生活の権利を獲させ、人間がそれらの権利を代表する一つの価値を手に渡されるのは全く自然なことです。けれどもすでにここでは前の場合と全く同じであるというわけにはゆきません。人間の労働は一袋の麦や一トンの石炭と同じ意味での商品ではないのです。この労働には金銭では見つもられない数々の要素がはいっているのです。

最後に、金銭ではどうしても買えないものがあります、例えば睡眠だとか、未来を知ることだとか、才能だとかです。それらのものをわれわれに売ってやろうと申し出る者は頭のおかしな人か、ペテン師と思ってよいでしょう。とはいえ、それらのものでまをつくり出す連中があるのです。彼らは自分のものでもない物を売り、彼らにだまされる人々は実際にありもしない価値の物に本当の金を払って買います。同じように、快楽の商人や、恋愛の商人や、奇蹟の商人や、祖国愛の商人がいます。こうして、実際の商品をあきなう人を指す時には、あんなに名誉あるものであるあの商人という称号も、問題が心や、宗教や、祖国のこととなると、最悪の汚辱となるのです。自分の感情や、名誉や、着物や、筆や、手形を売ることを恥じる点では、ほとんどすべての人が一致しています。

けれども不幸にして、理論上では何の矛盾もないことが、——くだいて言えば、高い倫理的真理というよりはむしろ平凡なことが、なかなか実際にはおこなわれがたいのです。取引が世界に侵入しています。売り手が聖殿にまで腰を据えています。しかもわたくしが聖殿というのは宗教上のことばかりではなく、人類の持っている神聖にして侵すべからざる一切のものを意味しているのです。生活を複雑にし、腐敗させ、変質させるのは金銭ではなく、われわれの営利精神なのです。

営利精神を超えるもの

営利精神はすべてをただ一つの問いに帰します。これはどれくらいの金になるだろう？　という問いです。営利精神はすべてを一つの公理に要約します。金さえあれば、何でも手に入れることができる、という公理です。この二つの行動原理によって、社会は筆紙につくしがたい、想像も及ばないほどの汚辱に沈みかねません。これはどれくらいの金になるだろう？　この問いは、各人が自己の労働によって生活を維持するためになすべき用心に関する限りはいかにも正当なものですが、その限界を逸脱して生活全体を支配するようになると禍いとなります。このことはいかにも真実なので、そのような問いはわれわれの糊口の具である労働まで卑しいものにしてしまいます。わたくしが仕事をしてその仕事の報酬を受けるなら、それに越したことはありません。けれどもその仕事のあいだ報酬をもらいたいとの一念だけにかられていたとしたら、それほどなさけないことはありません。報酬だけの目的で働く人はろくな仕事はしません。その人の関心は仕事にはなく、金にあるのですから。そのような人は、もうけを減らさずに骨折りを惜しむことができるなら、きっとそうするに決まっています。大工にしろ、耕作者にしろ、工場労働者にしろ、自分の勤労を愛しない者は、勤労に興味も持たず、品位ある仕事もできません。それは要するに悪い労働者です。

謝礼だけを目あてにしている医者は生命をあずけられない人間です。そんな医者は財布をふくらますことばかり考えて動いているのですから。あなたの病気がもっと長びくことが利益だと見たら、そんな医者はあなたの健康を強くする代りに、あなたの病気がいつまでも治らないようにしかねないでしょう。子供の教育にたずさわりながらその利益だけしか愛さない教師は悲しむべき教師です。というのはその利益は取るに足りないものである上に、その教師の授業はさらにつまらないものであるからです。金のために書くジャーナリストは何の価値があるでしょう? あなたが単に金のために物を書くようになると、あなたの文章はその金だけの価値さえなくなります。人間の仕事にして高い性質のものに関係したものであればあるほど、営利精神がはいってくると、その仕事は不毛なものとなり、腐敗させられます。

どんな骨折りでも報酬を受ける価値があり、生活を維持するために努力する者は誰でも太陽の下に当然その場所を持つべきである、――誰であれ何の有用なこともしない者は、自分の生計を営まない者であり、一口にいえば居候《いそうろう》にすぎない、といわれるのはまことに尤《もっと》もなことです。けれども、だからといって、利得が人間の行動の唯一の動機であるとなすことほど重大な社会的誤りはありません。われわれがわれわれの仕事にこめる最上のものこそは、――その仕事が体力によってなされるものであれ、心情のあたたかさによってなされるものであれ、あるいは知能の緊張によってなされるものであれ、――誰ひとり金では支払ってくれることのできないものなのです。

二人の人間が同じ力、同じ身ぶりで仕事に取りかかっても、全く異なった結果が出るという事実ほど、人間が機械でないことを証明するものはありません。このような現象の原因はどこにあるでしょうか？　二人の者の意図の相違にあるのです。一方の者は営利精神を持ち、もう一方の者は簡素な魂を持っています。二人ともその報酬をもらうのですが、前者の仕事は実を結ばぬものであるのに、後者はその仕事に魂を打ちこんだのです。前者の仕事は永遠に何も出て来ない砂粒のようなものであり、後者の仕事は土の上に投げられた生きた種子のようなもので、やがて芽を出して収穫物を産み出すのです。あれほど多くの人々が外面的には他の人々と同じ方法を用いながら成功しなかったのはどういうわけか、その理由を解く秘密のカギはこれ以外にはありません。自動人形には再生産はできませんし、営利的な人間の仕事は実を結ばないのです。

簡素な人々の献身

なるほどわれわれは経済的事実の前に頭を下げ、生活上の諸々の困難を認めないわけにはゆきません。家族の者に衣食住を与え、家族の者を育ててゆくには、われわれの行動手段に工夫をこらすことが日に日にますます焦眉《しょうび》の急となっています。こうしたやむをえぬ必要を考慮に入れず、打算をせず、あらかじめ慮《おもんぱか》ることをしない人は、幻想家やへまな人間にすぎず、今そのけち臭さを軽蔑している人々に対して、おそかれ早かれ憐れみを乞う危険にさらされています。とはいえ、この種の心配にばかり没頭していたら、われわれはどうなるでしょう？　もしも、完全な会計家として、われわれがわれわれの努力をその努力がもたらす金銭に釣り合わせ、利得にならないことはもはや何一つしようとせず、会計簿の上に数字となってあらわれないものは無益のことであり、徒労の沙汰であると見なすようになったら、われわれはどうなるでしょう？

われわれの母たちはわれわれを愛したり、われわれを育てたりするために何かもらったでしょうか？　もしもわれわれが老いた両親を愛したり世話したりするために何か報酬をもらいたがったとしたら、われわれの孝心はどうなるでしょう？

　本当のことを言って何になるか？　不愉快な思いをしたり、時には苦しんだり、迫害を受けたりしなければなりません。祖国を防衛して何になるか？　疲れたり、傷を負うたり、ともすれば死んだりしなければなりません。善を施して何になるか？　いやな目に遭ったり、恩を仇で返されたり、それどころか怨まれたりしなければなりません。人類のすべての本質的な働きの中には献身がはいっています。どんな巧妙な打算家でも、打算以外のものに決して訴えることなくして世の中を渡れるものではないとわたくしは思います。なるほど、大金を儲けることのうまい人々は頭がいいといわれます。けれどもよく見てごらんなさい。彼らが大金を儲けるにあたっては、簡素な人々の献身に負うところがどんなに多いことでしょう。もしも彼らが世の中で、「金なくしては傭兵はない！」ということを座右の銘としている彼らと同類の悪賢《わるがしこ》い人間だけにしか出会っていなかったら、彼らは果たしてうまくやってゆけたでしょうか？

　高らかに言おうではありませんか。世の中が維持されているのは、あまり厳密に計算をしない幾人かの人々のおかげなのです。最も美しい奉仕や、最もつらい仕事は、概してほとんど報われないか、全く報われないものです。幸いにして打算を離れた職務や、それどころか苦しみでしか報われない職務——しかも金がかかり、休息を犠牲にし、生命をもささげなければならないような職務を、引き受けようと待ち構えている人々が、いつになっても残っているでしょう。こうした人々の役割はともすればつらく、こうした人々は時としてがっかりしないわけにはゆきません。話し手が自分の過去の親切な行いを後悔して、さんざん苦労をしたあげくに得たものはにがい気持だけだった、というようないたましい経験を語るのはよくあることです。人々はこのような打ち明け話をたいてい次のような言葉で結びます。——私はバカだったものであんなことをしたのだ、と。人々がそう思うのも時にはもっともです、なぜなら豚に真珠を投げてやるのは常に間違いだからです。けれどもその人の生涯における真に立派な行為は、人々の忘恩のゆえにその人が後になって悔む行為だけにほかならない、といったような人がどんなに多いことでしょう！　人類に望まなければならないことは、そのようなバカな行為の数がふえてゆくことではないでしょうか。

金さえあれば？

今や《営利精神》の信条について語る時となりました。この信条の特質は簡潔だということです。営利的な人間にとっての掟と予言者たちとは、金さえあれば何でも手に入れることができる、というあのただ一つの公理にふくまれています。社会生活を表面的に観察するとこれほど明白なものはありません。「戦争の神経」、「山ほどの証拠」、「すべての戸をあける鍵」、「世界の王」！　……金の光栄と力とを称えるすべての言葉をひろい集めたら、聖母マリアの讃歌よりも長い言葉の連なりが出来るでしょう。財布のからな人間がどんなに不自由であるかを思い知るには、たとい一日二日でも一文なしであった経験が必要であり、この世の中で一文もなしに生きようと試みたことがなければなりません。わたくしは対比することと思いがけない状況との好きな人々におすすめしたいのですが、わずか三、四日間でもいいからお金なしに暮らしてごらんなさい。それも友人や知己から遠く離れて——要するに自分の顔のきく環境から遠く離れて。そうすれば立派に落ちついた人が一年間に積む以上の経験を四十八時間で積むことができるでしょう。

　悲しいかな、このような経験を、ある人々は心ならずもさせられます。そして本当の破産に見舞われると、彼らはその祖国にいて、若い時代の仲間や、かつての協力者や、恩を施してやった人々のあいだに止まっていても、もはや知らぬふりをされるのです。彼らはどんなににがい気持で営利的な信条を註釈することでしょう。——金さえあれば何でも手に入れることができるのだ、金がなくては何一つ手に入れることができないのだ、と。あなたは人でなしとなり、誰もが顔をそむける者となります。蠅は屍体にたかり、人間は金にたかります。金がなくなると、誰も寄りつかなくなります。こうして営利的な信条はどれほどの涙を流させたことでしょう！　おそらくはかつて金の仔牛の崇拝者であった人々にさえも。にがい涙を、血の涙を。

とはいえこの信条は間違いです、たいへんな間違いです。沙漠で道に迷った金持ちの男は金を持っているからといって一滴の水も手に入れることはできないとか、年老いた百万長者は一文なしの頑丈な若者からその二十という年齢とたくましい健康とを買うためなら財産の半分を与えるだろう、といったような古くさい話を持ち出してこの信条を攻撃しようとは思いません。わたくしはまた、幸福は金で買えるものではないということを証明してごらんに入れようとも思いません。金のある人々の中の多くの者は、そしてとりわけ金のない人々の中の多くの者は、この真理をあらゆる常套語の中での最もずるいものとしてあざ笑うでしょう。けれどもわたくしはすべての人々が口々に繰り返しているあの公理にかくれている大きな嘘をはっきり知ってもらうために、各人の思い出と経験とに訴えたいのです。

この世には金で買えないものがある

できるだけ財布をふくらまして、よくあるような湯の町へいっしょに出かけるとしましょう。その湯の町というのは、かつては世に知られず、単純な、尊敬深い、客あしらいのよい人々に満ちていて、その人々のあいだに暮らすのが愉しく、たいして費用もかからない場所でした。ところが《評判》が百のラッパでそれらの町を暗闇からひっぱり出し、町の位置や、気候や、人間から引き出せる利益をそれらの町に教えたのです。われわれは《評判》を信じて出かけます。そして手持ちの金があれば、静かな隠れ家を見つけ、不自然な文明の世界を遠く離れて、われわれの生活にいくらかの詩趣を加えることができようと期待してよろこびます。——最初の印象はよろしい。自然の背景と、まだ消え去っていないある種の淳朴な風習にまず打たれて、われわれはその町に好感を覚えます。

けれども日が経つにつれて印象は悪くなり、裏面が見えて来ます。われわれが数百年を経た家の家具にも似て、正真正銘の古いものだと思っていたのは、お人よしの旅客をだますためのトリックにすぎなかったのです。すべての物に値段がついており、世に土地から住民に至るまで、すべてが売りものなのです。かつての淳朴な人々は、世にもずるい事業家となっているのです。われわれの金を、どうしたら最小の費用で巻きあげることができるかという問題を彼らは解決しているのです。至るところに蜘蛛の巣のように張りめぐらされているのは細紐やわなばかりで、この連中がその穴の底で待ちうけているのが、ほかならぬわれわれなのです。むかしは単純で、正直で、その人々との接触は疲れきった都会人にとってありがたかった住民も、営利的な社会制度の二十年ないし三十年でこうなってしまったのです。手製のパンは姿を消し、バターは工場製になり、彼らは牛乳の良い部分を取りのける方法や、葡萄酒を偽造する最新の手段をすばらしく心得ています。

その町を去る時、われわれはわれわれの所持金をかぞえます。金はたいへん減っているので、われわれはぶつぶつ言います。けれどもこれは間違いです。この世には金で買えないものがあるという確信を得るためには、どんなに高い金を払っても高すぎることはありません。

また、あなたがあなたの家で頭のいい器用な雇人を必要とされるとしましょう。そのような稀《まれ》な人を手に入れようとしてごらんなさい。金さえあれば何でも手に入るというあの原理によれば、あなたは僅かな給金や、普通の給金や、よい給金や、非常によい給金や、すばらしい給金を申し出ることによって、それに対応するつまらない雇人や、普通の雇人や、非常によい雇人や、すぐれた雇人を見つけられるはずでしょう。けれども雇ってもらおうとしてやって来る連中は、どれもこれも最上の等級に属するものだと自称するでしょう、そしてその主張を裏書きするための証明書をあらかじめ手に入れているでしょう。ところが実際に使ってみると、それほど器用だと自称するこの連中は、十中の八九、全く役に立たないのです。では、なぜ彼らはあなたの家に雇われたのか？　彼らにして本音を吐くとすれば、高い給金をもらっていながら何一つできないあの喜劇の炊事婦のように答えるはずでしょう。――どうしてお前は料理が上手などという触れこみで雇われたのか？――お金をたくさんいただきたかったからでございます。

　これが重大なことなのです。高い給金をもらうのが好きな連中はいつでも見つかるでしょう。けれども仕事のできる人間はなかなか見つからないでしょう。そしてもしあなたが誠実な人間を必要とされるということになれば、困難はさらに加わるでしょう。営利的な人間は容易に見つかるでしょうが、献身的な人間となると別です。わたくしは何も、献身的な奉公人や、誠実でしかも頭のいい雇人の存在を否定しようというのでは決してありません。けれどもそうした奉公人や雇人は、ろくろく給金をもらっていない者のあいだにも、たんまり給金をもらっている者のあいだにと同じくらい居るでしょうし、時には前者のあいだによけい居るでしょう。それに結局、彼らがどこに居るかはたいした問題ではないのです。彼らが献身的なのは打算からではなく、根底に簡素なところを持っていて、そのために自己放棄ができるからだということは確かです。

また、金は戦争の神経であるということが至るところで言われています。なるほど戦争は金のかかるものであり、それはわれわれが身に沁みて知っていることです。だからといって祖国を防衛し、国旗に名誉あらしめるには、国が富んでいただけで十分でしょうか？　ギリシア人はかつてペルシア人に対してそれと反対のことを証明してみせました。そしてあの証明は歴史上で繰り返されることをやめないでしょう。金があれば軍艦や、大砲や、馬は買えます。けれども軍事的な天才や、政治的な知恵や、軍紀や、熱狂は買えません。徴兵官の手に数十億の金を渡して、一人の偉大な隊長と大革命時代のサン・キュロットのような勇敢な一軍団をつれて来るようにと頼んでごらんなさい。ただ一人の隊長の代りに百人の隊長と、千人の兵隊とがつれて来られるでしょう。けれどもそれを砲火の中に投じてごらんなさい。金なんかもうこりごりだと思われるでしょう。

それはともかく、金さえあれば貧困な人々をなぐさめてやり、善を施すことができると思う人があるかも知れません。悲しいかな、それもまた錯覚です。金は、高額の金にしろ小額の金にしろ、濫用の習慣を芽ぐませる種です。そこに知性と、親切と、人間の偉大な経験とをつけ加えない限り、あなたは悪を施すことになるだけでしょう。そしてあなたはあなたの施しを受ける人々を——あなたが施しを分けてやることを引き受けた人々を、腐敗させる危険が少くないでしょう。

奉仕者であるべき金銭

金銭はすべてにこたえることはできません。それは一つの力ではあるが、全能ではありません。営利精神の発展ほど生活を複雑ならしめ、人間を頽廃させ、社会の健全な動きをゆがめるものはありません。金銭が君臨するところではどこでも、すべての人によるすべての人のペテンがあるばかりです。人はもはや何物をも、誰をも信用することができず、もはや価値のあるものは何一つ手に入れることができません。わたくしは金銭をけなす者ではありません、けれども金銭に対しても共通の掟を適用しなければなりません。すべてをその場所に、すべてをその列に据えよ！　というあの共通の掟を。

奉仕者であるべき金銭が倫理生活や、威厳や、自由を尊敬しない一つの暴力となる時には、——ある者がいかにもして金銭を手に入れようと努め、商品でもないものを市場に持って来る時には、——また富を所有しているある者が誰であれ売買の許されないものを他人から買い取ることができると思いこむ時には、そのような野卑な、罪ある迷信に対して反抗しなければなりません。そしてそのペテンに対して声高らかに叫ばなければなりません。——お前の金はお前とともに滅びんことを！　と。人間の有する最も貴重なものは概して人間がただでもらったものなのです。されば人間はそれをただでくれてやるすべを知らなければなりません。

第九章　売名と世に知られぬ宝と

世に知られたいという欲望

現代の主な児戯の一つは売名を好むということです。名をあらわし、世に知られ、無名の境を出ること――ある種の人々はこういった欲望のとりこになっているので、まさに自己宣伝をしたさにむずむずしているといってもいいほどです。彼らの眼から見れば、無名ということは非常な屈辱なのです。ですから彼らは世間に認められるためならどんなことでもするのです。彼らは人に知られない生活を送っている自分たちは、一夜の嵐でどこかの荒涼たる岩の上に打ちあげられた難船者にも比すべき失われた人間だと思っています。それで自分たちがそこに居ることを誰かに知らせようとして、大声を出したり、爆竹を鳴らしたり、火を焚いたり、考えられる限りの合図をしたりするのです。

罪のない爆竹や火の矢を打ちあげるだけに満足しないで、何としてでも自分を知らせるために、下劣なことをしたり犯罪を犯したりするところまで行った者もあります。征服者たちの例にならって人の記憶に残る破壊をやらかそうとして、ディアナの寺院に火を放ったエロストラテスには多くの弟子があるのです。現代の人々で、何か著名なものを破壊したり、ある人の令名を傷つけたり傷つけようとしたり、要するに何かの醜聞や、意地悪いことや、世間にとどろきわたる野蛮なことをしでかしたりしただけで有名になった人々がどれほどいることでしょう。

このような売名欲は自分を失った人間のあいだや、いかがわしい実業家や物売り、あらゆる階級のへたな役者の世界にはびこっているばかりではなく、精神的・物質的生活のあらゆる領域にひろがっています。政治も、文学も、科学でさえも、そしてさらにひどいことには、慈善や宗教までが広告に毒されています。立派な作品のまわりでもラッパが鳴らされ、人々の魂を改宗させるにも鳴物入りではやし立てられていです。このようにして荒らし回りながら、熱病のような騒々しさはふだんは静かな隠れ家にまで侵入し、概して落ちついた精神の持主たちをかき乱し、善のための活動をひどく腐敗させました。すべてを見せる、というよりむしろ、すべてをやたらに見せびらかそうとし、かくれているものの価値を認めることがますますできなくなり、物事の価値をその物事の騒々しさで測る習慣が出来たために、どんなまじめな人々の判断力も鈍ってしまいました。これでは社会はついに広い市場に変ってしまうのではないかーーめいめいが自分のバラックの前で箱をたたく広い市場に変ってしまうのではないか、と時どき自問したくなります。

われわれは市場の埃と、堪えがたい喧騒《けんそう》の巷《ちまた》とをよろこんで立ち去り、どこかの人里離れた谷間に行ってほっとします。そしていかに小川が澄んでおり、いかに森がひそやかであり、いかに孤独が愉しいものであるかを知って驚きます。ありがたいことに、まだ冒されていない隠れ家があるのです。喧騒がいかに物すごいものであろうとも、道化者どもの声が衝突し合っている乱戦がいかに耳を聾《ろう》するばかりであろうとも、すべてそれらの物音はある限界以上のところへはとどかず、それから鎮まって、消えてゆきます。沈黙の領域は物音の領域よりも広いのです。これこそわれわれをなぐさめてくれるものなのです。

自己の奥底にある宝

世に知られない宝がーー沈黙の勤労が住んでいるこの無限の世界の敷居《しきい》を跨《また》いでみましょう。足跡一つついていない汚れのない雪や、人里離れた土地の花や、果《はて》しのない地平線の方へとつづいているかに見える打ち忘れられた小径を見て覚えるような魅力に、われわれは一挙にしてとらえられます。

仕事の原動力や、最も活動的な能動的要因はどこにでもかくれている、といったような工合に世界は出来ているのです。自然はその働きを包みかくすことに一種のコケットリーを覚えるもののようです。もしわれわれが結果以外のものを観察し、自然の実験室の秘密に参入しようと思うならば、自然のすきをうかがう労を惜しまず、工夫をめぐらしてその不意を襲わなければなりません。同じように人間社会においても、善のために働く諸々の力は眼に見えず、それどころかわれわれ各人の生活のうちにとどまっています。われわれの持っている最良のものは他に伝えることのできないもので、われわれ自身の最も奥深いところに埋もれているのです。諸々の感情が強く、われわれの存在のほかならぬ根底とごっちゃになっていればいるほど、そうした感情はこれ見よがしに外にあらわれることを好みません。そうした感情は白日の下に自らをさらすのを急ぐことは、自らを冒瀆することだと思うでしょう。

自己の奥底に神だけが知っていられる内部の世界を持っていることには、ひそやかな、いうにいわれぬよろこびがあります。それは神だけが知っておられる世界ではあるが、しかも衝動や、快闊さや、日々に新たになるわれわれの勇気や、外部に向って働きかける最も強力な行動の動機は、そこからわれわれに起こって来るのです。この内部の生活が強さを減じ、人間が表面をつくろうためにこの内部の生活をなおざりにすると、人間は見かけの上で得るだけのものを実際の価値においては失います。こうして悲しい宿命から、ともすればわれわれは、人から感嘆されればされるほど、真の価値を失ってゆくことになります。そこでわれわれは確信を新たにするのです、世界にある最良のものは人の知らないものであるという確信を。というのもそれを知っているのはそれを所有している人々だけであり、もしそれらの人々がそれを口にしたならば、口にしたというそのことによって、その最良のものは匂いが失せることになるでしょうから。

自然を熱烈に愛するある種の人々は、人里離れた片隅や、森の奥や、畝の窪みや、要するに誰でもが自然を眺めぬわけにはゆかない至るところで、自然を愛するものです。そうした人々は人跡まれなさびしいところで、鳥が巣をこしらえたり、その雛たちをはぐくんだり、何かの鳥獣が優雅に跳ね回ったりしているのを眺めて、時間と生活とを忘れて幾日もじっとしているでしょう。ちょうどそのように、自己のうちに宝を探しに行かなければなりません。もはや束縛もなく、気取りもなく、どんな種類の見せかけもなく、ただ単に、よいと思うものでありたいと念じ、それ以外のことは気にかけない生活だけがある自己のうちに。

名もない人々の偉大

ここで実際の生活から取って来たいくつかの観察を述べさせてください。ここに出てくる人々の名前は秘めておきますから、これらの観察は不謹慎のそしりを受けることはないでしょう。

わたくしの郷里のアルザスの、ヴォージュの森の下を曲りくねってつづいているさびしい道の上に、わたくしが三十年このかた仕事をしているのを見かける一人の石切り工がおります。初めて彼を見た時には、わたくしは若い生徒として、大都会に向けて立つところで、胸がいっぱいになっていました。この男性を見るとわたくしはなぐさめられました。彼は小石を割りながら何かの唄を口ずさんでいたからです。わたくしたちは幾つかの言葉を交わしましたが、彼は最後にこう言ってくれました。「じゃ、元気を出してゆきなさい、成功を祈るよ！」と。

そのとき以来、わたくしはいろいろな場合に、あるいは苦しい時にあるいは楽しい時に、この道を行ったり来たりしました。あの時の生徒だったわたくしは成人しましたが、石切り工はむかしのままです。もっとも彼は気候不順にそなえて、そのいでたちに幾つかの用心を加えました。今では背中にむしろを着け、頭をよりよく保護するために昔よりも目深《まぶか》にフェルト帽をかぶっているようです。けれども森には相変らず彼の力強い槌の音がこだましています。可哀そうに、この老人の背骨の上を、いくたび突風が吹き過ぎたことでしょう！　彼の生活、彼の家族、彼の国の上に、どれほどの逆運が襲いかかったことでしょう！　彼はその石を割りつづけています。そして、わたくしが帰ってくる時にも出かける時にも、彼は相変らず道のそばにいて、寄る年波で顔には皺が刻まれているにもかかわらずほほえみ、とりわけ暗い日には、素朴な言葉をかけてくれます。石を切る音にまじって聞こえるとあんなに胸に迫る、あのけなげな男性の素朴な言葉を。――この素朴な男の姿を見るとどんなに感動させられるか、それはとうてい言葉に尽くせません。そしてもちろん彼はそれに気づいてはいないのです。

樅の木が大きくなるように、また神が太陽を上らせるように、自分を眺めている人にも気をとられず、自分の仕事にいそしんでいる名もない働き手、そのような働き手と顔を合せることほど力づけられる光景はありません。しかも同時に、われわれの心の中にくすぶっている虚栄心にとって、それほど厳しい戒めになる光景はありません。

わたくしはまた、いつも同じ職務にたずさわって一生を過ごして来た年老いた小学校の男女の先生をたくさん知っています。人間の知識の初歩と、いくつかの行為の原理とを、ややもすれば石よりもかたい頭にたたきこむ職務。先生たちはつらい職業の生涯にわたって、その職務に魂を打ちこんで来たのであって、世間から注目されるかどうかというようなことはほとんど問題でなかったのです。こうした先生たちが知る人もない墓の中に横たわった暁には、先生たちと同じ幾人かのささやかな人々以外には、誰ひとり先生たちを思い出す者はないでしょう。けれども先生たちの報いは先生たちの愛のうちにあります。これらの人に知られぬ人々以上に、偉大な者はないのです。

至るところにかくされている宝

宝は実にいろいろな形の下にかくれているものなので、それを発見することは、ややもすれば最も巧みに偽装された悪事をあばくことと同じくらいに困難です。政治的な理由から強制労働の刑に処せられて、生涯の十年をシベリアで過ごしたあるロシア人の医者がよく語っていたことですが、幾人かの受刑者のあいだにのみならず、看守のあいだにも、けなげさや、勇気や、人間味のあらわれが認められたといいます。さしあたってわれわれはこう訊きたくなるでしょう。――宝はいったいどこに巣くうのだろうか、と。

実際、人生には非常にびっくりさせられることや、途方に暮れさせられるような対照があるものです。世には公けに立派な人間として認められ、その社会では立派な人間として通り、政府や教会から立派な人間であることを保証されていて、何一つ非の打ちどころのない人間でありながら、心はかさかさで酷薄であるといった人々がいるのに反し、ある種の落ちぶれた人々のうちにも本当の愛情や、献身への渇きのようなものが見つかって、びっくりさせられることがあります。

金持ちについて

人に知られぬ宝といえば、今日最も不当な扱いを受けることになっている人々、すなわち金持ちについて、これから語らせていただきたいと思います。世には忌まわしい資本を貶《けな》せば、それだけで済んだものと考えている人々があります。そうした人々にとっては、大きな財産の持主はすべて不幸な人間の血を腹一杯すすった怪物だということになっています。それほど大げさではない他の人々も、やはり富を利己主義や無情と混同しています。無意識の、あるいは計算されたこのような誤りを正さなければなりません。なるほど、金持ちの中には誰のことも気にかけない者や、見せびらかしにしか善を施さない者がいるにはいます。それにそうした金持ちのやり口は、すぐわかるものです。けれどもそうした金持ちの非人間的な行いや偽善的な行いがあるからといって、それとはちがった他の金持ちの施す善が——しかもしばしば彼らがあんなに申し分のない遠慮深さをもってかくす善が、その価値を失うものでありましょうか？

わたくしはわれわれの愛する者に襲いかかるあらゆる不幸をなめた人を知っていました。彼は愛妻を失い、年齢のちがったそのすべての子供たちを次々に亡くしたのでした。けれども彼はその労働の結果である大きな財産を持っていました。極めて簡素な生活を送り、自分自身のためにはほとんど何一つ求めず、彼は善を施し、その財産を利用する機会をさがして暇をつぶしていました。彼がいかに多くの人々の貧困をその場で救ってやったか、彼が惨めな人々の苦しみを軽くしてやったり、暗い生活を送っている人々にいくらかの光をともしてやったり、友人たちに思いがけない贈物をしてやったりするためにいかにいろいろと工夫したか、それは誰にも想像がつかないでしょう。

彼の楽しみは他人に善を施し、それが誰のしてくれたことであるかわからないで人々が驚くのを見てよろこぶことでした。彼は運命の不当な仕打ちを償ってやったり、不運にとりつかれた家庭の者をうれし泣きさせたりするのを好んでいました。彼は自分のしているところを見つけられはしまいかと子供のように恐れながら、人の知らないところで絶えずあれやこれやと企てていました。彼の功績の最上の部分は死後にしか明らかにならなかったのですが、やはり彼の功績でいつになってもわからないのがまだどれほどあることでしょう。

彼こそは真にその財産を分けるすべを知っている人でした！　というのは財産を分有する人にもふた通りあるからです。他人の財産の一部を分け取ろうと望む人々は多く、そうした人々は卑俗です。それは貪欲でさえあればできることです。自分自身の財産を財産のない人々と分けようとする人々は稀であり、貴重な人々です。というのもそういう選ばれた人々の仲間にはいるには、自己を超越した、同胞の幸福にも不幸にも感じやすい、けなげな立派な心の持主でなければならないからです。幸いにしてこのような人々はまだなくなってはいません。わたくしは彼らが求めようともしない敬意を彼らにささげることに、まじりけのない満足を覚えるのです。

パリの生活で見えるもの

くだくだしく述べることを許していただきたい。あれほど多くの忌まわしいことや、中傷や、ペシミスムや、いんちきの世界のにがにがしさを逃れて、何かもっと美しいものの上に眼を休ませ、さりげない親切さが花咲いているあの人里離れた片隅の匂いを呼吸するのはいいことです。

ある外国の婦人が、おそらくパリの生活にあまり慣れていなかったのでしょう、パリで見られる光景のおぞましさをわたくしに語りました。あのいやな貼紙、あの意地悪い赤新聞、あの髪を染めた女たち、あの競馬や、カフェ－コンセールや、賭博や、盛り場へと突進する群衆——あの表面的・社交的生活の波、といった光景のおぞましさを。その婦人は堕落の町の代名詞であるバビロンの名は口にしませんでした。けれどもそれはおそらく、パリというこの滅亡の淵に沈んだ都の住人の一人であるわたくしに対する憐れみからであったでしょう。——そうです、奥さん、残念ながら、ああした物は嘆かわしいものです。けれどもあなたのご覧になった物がすべてではないのです。——もうあれ以上見たくはありませんわ！　と彼女は言葉を返しました。

——いや、それどころか、わたくしはあなたがすべてをご覧になればいいがと思うのです。というのは非常に醜い裏面があるとしても、また非常に力づけられるような裏面もあるからです。同じパリでも、方面を変えてごらんなさい。でなければ違った時刻に観察してごらんなさい。

例えば朝のパリの光景を見てごらんなさい、夜ふかしを好むパリについてのあなたの印象を矯《た》めるに足る多くの参考資料が得られるでしょう。あれほどたくさんの勤勉な人々の中でも、なかんずく健気な清掃人たちを見てごらんなさい。道楽者や殺人強盗犯人などが引きあげる時刻に出てくる人たちを。襤褸《ぼろ》をまとうて黙々と働いている、あのいかめしい顔の人たちをごらんなさい。彼らはいかに真剣に前夜の饗宴の残り屑を掃いていることでしょう！　彼らはバビロンの最後の王バルタザールの宮殿の敷居の上で、神の手によって書かれたバルタザールの没落を告げる文字を解読した予言者たちであるともいえましょう。清掃人の中には女性もいれば多くの老人もいます。寒い時には、彼らは指に息を吹きかけて、ふたたび仕事をはじめます。そしてそれが毎日のことなのです。あの人々もまたパリの住民なのです。

――次に場末の町の、工場に行ってごらんなさい。とりわけ、親方も労働者と同じように働いている小さな工場に行ってごらんなさい。労働者の群が勤めに赴いているところをご覧なさい。いかに娘たちは甲斐甲斐《かいがい》しく、その住んでいる遠い町々から、工場へ、店へ、オフィスへと、喜々として赴いていることでしょう。――それから、家々の内部を訪ねてごらんなさい、庶民の妻が仕事をしているところをご覧なさい。夫の給料はささやかで、住いは狭く、子供は大勢で、ともすれば夫は突慳貪《つっけんどん》です。庶民の生活のありさまや、ささやかな世帯の家計をいろいろ寄せ集めて、長いことよく観察してごらんなさい。

それから行って学生たちをごらんなさい。街であれほど醜聞をひき起こしたのをあなたがご覧になった学生たちはなるほど多い。けれども勉強している学生たちもまたたくさんいるのです。ただこの後者は自分の家に引きこもっているので、世間には知れないのです。学生区のカルチエ・ラタンで彼らがいかに孜々《しし》として勉学にいそしんでいるかをあなたがご存じでしたら！　あなたは自ら勤勉であると自称する、ある種の青年たちが引き起こすがやがや騒ぎで新聞が埋められているのをご覧になったでしょう。新聞は、ガラス窓をこわす学生たちのことはよく書き立てます。けれども科学や歴史の諸問題と取り組んで夜おそくまで起きている学生たちのことを、どうして書き立てるわけがありましょう？　それは読者の興味をひかないでしょう。しかるに、時として、学生たちのある者、例えば医学生が、職業の義務の犠牲になって死にでもすると、それは新聞に二、三行出ます。また酔っぱらいの喧嘩も一欄の半分ぐらいに取り扱われ、仔細に報道されます。そこに現われないのは事件の主人公の写真だけです。いや、写真でさえいつも欠けているとは限らないのです。

すべてを見たと言い得るために見に行かなければならないもののすべてを指摘しようとしたら、とうていきりがないでしょう。すべてを見たと言い得るためには、社会全体を——金持ちをも貧民をも、学者をも無知な者たちをも観察しなければならないでしょう。そうすればその暁には、あなたはもはやそんなに厳しくお裁きになることはないでしょう。パリは一つの世界なのです、そして社会一般におけると同じように、悪はそこでは誇示されているのに反して、善はかくれているのです。表面だけを見ると、どうしてあれほど多くの下種《げす》なものがあり得るのかと自問させられることがあります。ところが、もっと奥の方を訪ねてみると、あの苦難に満ちた、暗い、時として恐ろしい生活の中にも、たくさんの徳があり得るということにびっくりさせられるのです！

世に知られぬ善

だがわたくしはなぜこうした事をくだくだしく述べているのか？　それは宣伝を好まぬ人々に宣伝を語ることではないか？——いや、そんなふうに思っていただいてはなりません。わたくしの目的は、世に知られない善に対して人々の注意を向けさせること、そしてとりわけそのような善を人々に愛させ、人々をしてそのような善を実行させることにあるのです。

けばけばしい、世間の眼をひく事柄を好む人は駄目になった人間です。まず第一に、そういう人はとりわけ悪を見る危険にさらされているからであり、次に、そういう人は善の中でも世間の眼をひこうと努めている善だけしか認めないようになるからであり、世間体のために生活する誘惑にたやすく負けるからです。もしわれわれが芝居の脇役――観客の眼の前でのみその役を守って、舞台の上で我慢していた束縛の埋め合せを、楽屋でつける脇役の地位に次第に落ちてゆきたくなかったら、あきらめて世に知られない境地に居なければならないばかりでなく、その境地を愛しなければなりません。これは倫理生活の本質的な要素の一つです。そしてわれわれがここで言っていることは、いわゆるささやかな人々――世に認められない運命にある人々にとってのみ真実なのではありません。世の立役者たちにとっても真実なのであり、いや、世の立役者たちにとっては、さらにいっそう真実なのです。

もしあなたが名前ばかり華々しくて実は無用な人間でありたくなかったら、もしあなたが羽飾りと飾紐ばかりがけばけばしくて内容の空疎な人間でありたくなかったら、あなたはあなたの協力者の中の最も無名な人の持っているような簡素の精神でもって、立役者としてのあなたの役割を果たさなければなりません。誰であれ、見せびらかしの瞬間にしか価値のない者は、何の価値もない人間です。われわれが世間から見られ、第一列に歩むという危険な名誉を与えられているとするなら、それだけ人一倍の心づかいをして、世に知られぬ善の内部の聖殿をわれわれの生活のうちに維持しようではありませんか。われわれの同胞がその正面玄関だけを眺めている建物に、簡素と謙遜な忠実さとの大きな礎石を与えようではありませんか。そしてそれから、共感と、感謝とによって、世に知られぬ人々のそばにとどまっていようではありませんか！　われわれがすべてを負うているのは、それらの世に知られぬ人々に対してではないでしょうか？　建物の全体をささえているのは地中にかくれている石であるという、あのわれわれを力づけてくれる経験を、人間の世界においても経験した人々は、誰でもこのことを認めるでしょう。

広く世に認められる何らかの価値あることを成就した人々はすべて、幾人かのささやかな精神的祖先や、幾人かの忘れられた鼓吹者のおかげを蒙《こうむ》っているのです。少数の善良な人たち——その中には農民や、婦人や、人生の敗北者や、つつましくも尊ばれている両親たちが、ともすればはいっていますが——そうした少数の善良な人たちは、われわれにとって美しい気高い生活の権化《ごんげ》です。彼らの手本はわれわれを鼓舞してくれ、われわれをささえてくれます。彼らの思い出はわれわれの良心に永く不可分に結びつきます。われわれは彼らが苦しい時にも勇気があり落ちついているのを見ると、われわれの重荷も軽くなるような気がします。彼らは眼に見えぬ愛されている重槍騎兵のように、われわれのまわりにひたと寄り添っていて、われわれが戦闘中につまずいたり倒れたりするのを防いでくれます。そして毎日、彼らはわれわれに証明してくれるのです、人類の宝は世に知られぬ善であるということを。

第十章　世俗趣味と家庭生活と

家庭生活の危機

第二帝政の時代に、皇帝がよく行かれたある湯治場《とうじば》からほど遠からぬ、わが国の郡役所の所在地の中でも最も美しいある町に、非常に尊敬すべき一人の町長がありました。

この町長は頭のよい人でしたが、国家の元首がいつか自分の家に泊ることがあるかも知れないと考えると、突然、頭がへんになりました。それまでは、親ゆずりの古い住いに、どんな小さな形見の品々をも尊敬する息子として暮らしていたのですが、フランス皇帝を自分の家に迎えるという固定観念にとりつかれるや否や、別人のようになってしまいました。それまでは十分であり快適であるとさえ思われていたもの、両親や祖先によって愛されて来たあの一切の簡素なものが、彼の眼にはみみっちい、醜い、軽蔑すべきものに見えるようになったのです。

皇帝をお上げするのにこの木の階段を通らせるわけにはゆかない。皇帝をこの古い肘掛椅子にかけさせるわけにはゆかない。皇帝がこの時代おくれの絨毯の上に足をおかれるのを許すことはできない。そう考えると、彼は大工と石工とを呼び、鶴嘴《つるはし》で壁を砕かせ、部屋の仕切りを取りこわして、豪華さと広さとで家の他の部分と釣り合わない一つの客間をこしらえました。そして自分は家族といっしょにせせこましい数室に引きこもったのですが、その数室の中では人間と家具とが、仕方なく折り重なって、互いに窮屈な思いをしなければなりませんでした。こうして、無分別にも財布をはたき、家庭をひっくり返しておいて、彼は皇帝を客に迎える日を待ったのです。けれども悲しいかな、帝政の終末は来ましたが、皇帝はついに来ませんでした。この気の毒な男の常軌を逸した行いは、人の考えるほど世に珍しいものではありません。自分の家庭生活を世俗趣味の犠牲にする人々は、すべてこの男と同じように、自分を失った人なのです。

このような犠牲の危険は、さらに動揺常なき時代においては、いっそう甚だしいものがあります。現代人は絶えずこの危険にさらされていて、多数の人々がこの危険に負けます。世俗的な習俗や野心を満足させるために、いかに多くの家庭の宝が全く無駄に濫費されて来たことでしょう。そしてそれらの不敬虔な犠牲を払って人々は幸福の門に入る準備をしているつもりでも、その幸福はいつになっても手に入りはしないのです。家庭を他に引き渡し、よい伝統をすたれさせ、簡素な家庭的慣習を放棄することは、間違った取引をすることであって、後でほぞをかむのが落ちです。

社会における家庭生活の位置は非常に大きなものなので、家庭生活を弱めただけで社会組織の全体に混乱が感じられずにはいません。社会組織が健全な発展を遂げるためには、固有の価値と個性的な特徴とを持つしっかりした個人が社会に送り出されることが必要です。でなければ社会は羊の群、ともすれば羊飼のいない羊の群となります。けれども個人はどこからその独自性を汲み取って来るのでしょうか？　独自性――他の人々の特質といっしょになって、一つの環境の富と堅固さとを構成するあの何かしらユニークなものを？　個人は家庭においてしか、そうしたものを汲み取ることはできません。それぞれの家庭を一つの風土の縮図たらしめているところの、あの実行と思い出との星座をこわしてごらんなさい。人間の性格の源泉を涸らし、公共精神の根底そのものを断ち切ることになるでしょう。

祖国にとっては、それぞれの家庭が一つの深い、尊敬された世界であり、消しがたい一つの倫理的烙印《らくいん》を家族の各員に伝えるものであることが大切です。

けれども話をつづける前に、ここで一言、誤解のないようにおことわりしておきましょう。家庭精神にも、すべての美しいものの場合と同様に、その戯画化されたものがあります。すなわち家族的利己主義と名づけられるものです。ある種の家庭は鎖《とざ》された城砦みたいなもので、そこでは人々は外部の世界を搾取するために組織されています。直接、自分の家庭自身に関係のないものはすべて、それらの家庭にとってはどうでもいいものなのです。それらの家庭はそれが生きている社会において、移民のような、いやほとんど侵入者のような状態を呈しています。それらの家庭の自国主義は非常に極端なものとなっていますので、それらの家庭は人類の敵を形づくっています。それらの家庭は歴史上の時々に形成されたあの強力な社会——世界の覇権を奪って、自己の社会のほかに他の社会のあるのを認めなかったあの強力な社会を小さくしたようなものです。このような精神こそ時として家庭を利己主義——社会の救いのためには打破しなければならない利己主義——の巣窟と見なされたのです。けれども、団体精神と党派精神とのあいだには深い溝があるのと同じように、家庭精神と家庭的党派精神とのあいだには大きなちがいがあります。

家庭精神

ところで、われわれがここで問題にしているのは家庭精神なのです。この家庭精神に匹敵する価値のあるものは世にありません。家庭精神こそは社会の諸々の制度の持続と勢力とを保証するあの偉大にして簡素な諸々の徳をすべて萌芽としてふくんでいるからです。家庭精神のほかならぬ基礎には過去に対する尊敬があります。というのも一つの家庭の持つ最上のものは共通の思い出だからです。

手にふれられない、不可分の、譲り渡すことのできない資本として、それらの思い出は聖なる預り物を成しています。家族の各員はそれらの思い出を自分の有する最も貴重なものと見なすべきです。それらの思い出は二重の形の下に、すなわち観念と事実とにおいて存在しています。われわれは言葉づかいや、思想の跡や、感情や、本能においてまでもそれらの思い出にぶっつかります。そして物質的な形では、それらの思い出は、肖像や、建物や、慣習や、歌によって表わされています。心なき人々の眼から見れば、これは何でもないものにすぎませんが、家庭生活のいろいろな物事を評価するすべを知っている人々にとっては、どんな値段でも手ばなすわけにはゆかない遺物なのです。

けれどもわれわれの生きている世界では、一般にどんなことが起こっているでしょう？　世俗趣味が家庭精神に闘いを挑んでいます。すべて闘争は胸を刺すものがありますが、わたくしは世俗趣味と家庭精神とのこの闘争以上に烈しいものを知りません。――大小の手段と、ありとあらゆる種類の新しい習慣と、要求と、主張とによって、世俗精神が家庭の聖殿に侵入しています。世俗精神というこの異邦人の権利は、その肩書は、どういうものなのか？　いったい何を根拠にこの異邦人はああも断乎《だんこ》として失権回復を要求するのか？

これは概して人々が自問するのを怠っていることですが、それは間違いです。われわれはこの侵入者に対して、まるで極めて単純な気の毒な人々が豪奢な訪問客に対してするように振舞っています。一日きりのこの邪魔な客のために、気の毒な人々は菜園にあるだけの物をふるまい、奉公人や子供たちを痛めつけ、自分の仕事をなおざりにするのです。それは正しくない、へまな行いです。どんな人に面と向い合っても、あるがままの自己を失わない勇気を持たなければなりません。

世俗精神のもたらすもの

世俗精神にはありとあらゆる破廉恥《はれんち》なところがあります。ここにすぐれた性格の人々を作り出した、そして今なお作り出している簡素な家庭があるとしましょう。人間も、家具も、習慣も、すべてがこの家庭では調和しています。ところが結婚によって、またビジネス上や享楽上の交際によって、世俗精神がこの家庭に入りこみます。世俗精神はこの家庭にあるすべての物を古くさい、無器用な、素朴なものと見ます。

それは近代的なところがないというわけです。最初のほどは、世俗精神は単なる批評を——気のきいた嘲笑を加えるだけです。けれどもそれが最も危険な時期なのです。注意しなければいけません、それこそは敵なのです！　もしあなたが世俗精神のいうところに少しでも耳をかすならば、翌日はあなたは何かの家具を犠牲にし、翌々日はさらに何かの立派な古い伝統を犠牲にするでしょう。そして次第次第に、なつかしい心の遺物と、これまで親しんで来た物とは、古道具屋に売り払われてゆき、それとともに孝心も失くなってしまうでしょう。

新しい習慣と、変った環境との中で、あなたのむかしの友人たち、あなたの年老いた両親は、異郷に来た思いをさせられるでしょう。あなたはさらに一歩を進めて、今度はそれらの友人や両親を棄てるでしょう。世俗趣味は古いものを斥《しりぞ》けるものだからです。こうして全く変ってしまった環境を与えられると、あなた自身も自分がそこに居ることに驚くでしょう。何一つむかしを思い出させる物はなくなった、だがこれでいいのだ、ともかくも世俗精神は満足の意を表わしてくれるだろう、とあなたは思われるかも知れません。悲しいことに、それはあなたの誤りです。正真正銘の宝の数々をつまらない鉄屑のように投げ棄てさせた後で、《世俗精神》はあなたの新しいお仕《し》着《きせ》があなたにうつらず、あなたは借り物を着ているのだと思うでしょう。そしてそのような情況のありとあらゆる滑稽さを急いであなたに感じさせようとするでしょう。いっそ初めから、あなたは自己の信念を堅持して、あなたの家庭を擁護した方がどんなによかったか知れません。

若い人たちの多くは、結婚すると、世俗精神の声に負けます。彼らの両親はつつましい生活の手本を示していたのです。けれども新しい世代は自分の眼から見てあまりにも家長的と思われる生活様式を斥けることによって、自分の生存の権利と自由を享ける権利とを確保するのだと思いこんでいます。ですから新しい世代は高い金をかけて最新流行の生活を営もうと努め、有用な物を二束三文の値段で手ばなすのです。われわれに向って「記憶せよ！」と言ってくれる物でその家を満たす代りに、人々はまだ何の想念も結びついていない真新しい家具をその家に備えつけるのです。

いや、それらの家具には何の想念も結びついていないといったのはわたくしの間違いです。それらの物はともすれば安易な表面的な生活の象徴のようなものです。それらの物の真ん中にいると、何かしら頭に来る世俗趣味の空気でふらふらに酔わせられます。それらの物は外部の生活、大仰《おおぎょう》な騒々しい生活、つむじ風を思い出させます。そしてたとい、われわれが時にはそうした生活を忘れようという気持になっても、それらの物はわれわれの思いをふたたびそうした生活に向けさせ、前のとは異なった意味でわれわれに言うのです。「記憶せよ！　クラブや、観劇や、競馬に行く時間を忘れるな」と。

こういうわけで、家庭は一時の足だまりにすぎなくなります。家庭を留守にしていつまでも出歩く、その合間合間に少し休息しにやって来る一時の足だまりにすぎなくなります。永く家庭にとどまっているのはよろしくないというわけです。こうした家庭は魂のない家庭ですから、魂に話しかけるものがありません。家庭にいるのは眠る時間と食べる時間だけで、それ以外の時はあわただしく家から出て行かなければならない。たまに家に居る時は、うつらうつらとしていることになるでしょう。

誰でも知っているように、世には外出癖にとりつかれた人々があります。彼らは自分が至るところに顔を出さないと、世界の動きが止まるとでも思っているのでしょう。自分の家に閉じこもっていることは彼らの最も苦痛とするところです。家に閉じこもるなんて考えただけでもぞっとするというわけなのです。彼らは家庭を嫌うことが非常なものなので、自分の家でただで楽しむよりも、金を払ってでも外で退屈した方がよいと思っています。

家庭生活をふたたび

こうして次第次第に、社会は羊の群のような生活へとそれてゆきます。羊の群の生活を公共生活と混同してはなりません。羊の群の生活は日だまりの蠅の群の生活のようなものです。人間の世俗生活ほど互いに似たものはありません。そしてこの普遍的な陳腐《ちんぷ》さが一つの公共精神の本質そのものをぶちこわすのです。世俗精神が現代社会に対して加えた害悪をたしかめるには、さほど長い旅をしてみるにも及びません。そしてわれわれが根底と、平衡と、落ちついた良識と、創意とをあんなに僅かしか持っていないその最大の理由の一つは、家庭生活が衰えたことにあります。

大衆は結構な社交界に追随し、庶民は世俗的になりました。というのも自分の家庭を去って居酒屋に飲みにゆくのは世俗趣味だからです。貧困や、住宅の嘆かわしい状態だけでは、各人を家庭のそとにつれ出すこの風潮は説明がつきません。なぜ農民はその父や祖父があんなによろこんでいた自分の家を棄てて宿屋に赴くのか？　家はむかしのままであり、同じ煖炉には同じ火が燃えています。かつてはその火の前に老いも若きも膝《ひざ》つき合せて夜を更かしていたものを、今ではもはや人数が揃っていないというのはどうしたわけでしょう？

何かが人々の精神の中で変ったのです。人々は不健全な欲望に負けて、簡素と縁を絶ったのです。父親はその名誉ある持場を去り、妻はさびしいかまどのそばで細々と暮らし、子供たちは喧嘩をしながら、今度は自分たちがそれぞれ家庭を立ち去ることができる日を待っています。

われわれは家庭生活と家庭の伝統の価値とをふたたび学ばなければなりません。われわれのあいだにおける過去の唯一の名残であるある種の記念物《モニユマン》は、敬虔な心づかいによって祝聖されて来ました。同じようにむかしの服装や、地方の方言や、古い歌謡は、世界から姿を消す前に、敬虔な人々の手によって蒐集されて来ました。偉大な過去のこれらの断片を、祖先の魂のこれらの跡形を、守るのは何とよいことでしょう！家庭の伝統に対しても、そうしようではありませんか。どんな形の下であれ、今なお存続している家庭的なもののすべてを救い、できる限り持続させようではありませんか！

家庭精神の構築

けれどもすべての人が守るべき伝統を持っているとは限りません。それだからこそ家庭生活の構成と培養とのために努力を倍化しなければならないわけです。そのためには家族の数が多い必要はなく、また裕福に暮らしているということが必要でもありません。一つの家庭を創造するには、家庭精神を持たなければなりません。どんな小さな村にもその歴史、その精神的跡形がありうるように、どんな小さな家庭にもその魂があります。おお！　場所の精神とでもいいますか、人間の住いの中でわれわれを取りかこんでいる雰囲気よ！　何という神秘の世界でしょう！

ここでは、早くも敷居のところから、われわれはひやりとしたものを感じ、何となく不快にさせられます。そして何か捉えどころのないものに反発させられます。ところが、かしこでは、われわれが戸をあけて中に入って、うしろの戸を締めたかと思うと、親切と上機嫌とがわれわれを取りかこみます。壁に耳ありといいますが、壁にはまた声があり、物いわぬ雄弁があるのです。一つの住いの中にあるすべての物の上には人々の精神が漂っています。しかもこの精神の力の証拠は、ひとりで暮らしている独身の男女の家庭においてまで見られます。

一つの部屋と他の部屋とのあいだには何という大きな違いがあることでしょう！　ここには、無力と、無関心と、卑俗さとがあり、部屋の住人の座右の銘は書物や写真の並べ方にまであらわれています、すなわち「すべてわたしにはどうでもいい」という座右の銘なのです。ところが、かしこには、生きるよろこびと、人に伝わる快闊さとがみなぎっていて、訪問者は何かがいろいろな形の下にこういっているのを感じます。――ひとときの賓客《まろうど》よ、あなたが誰であろうとも、わたくしはあなたに尽くしてあげたいのです、あなたの上に平和がありますように！　と。

家庭生活の力や、窓の上で賞《め》でられ栽培されている花の影響や、おじいさんが年老いた皺だらけの手を頬のふくれた孫たちに接吻させながら掛けている古い肘掛椅子の魅力は、どんなに強調しても強調しすぎることはないでしょう。気の毒な近代人よ！　いつも引っ越したり変化したりしている気の毒な近代人よ！　われわれはわれわれの都会や、家や、慣習や、信仰の形をあまりにも変えたために、もはやわれわれの頭を休める場所を持たないのです。家庭生活を棄てることによって、われわれの定めなき生活の悲しさと空虚さとを、これ以上大きくしないようにしようではありませんか。火の消えた家庭のかまどにふたたび火をともそうではありませんか！　そこで子供たちが大人となり、愛が隠れ家を、老人が休息を、祈りが祭壇を、そして祖国が崇敬を見いだすところの、人に侵されない隠れ家を、あたたかい巣を、われわれのためにつくろうではありませんか！

第十一章　簡素な美

愚かな浪費

美学の名において簡素な生活の組織に異議を唱え、ぜいたくも有用であるとの理論を持ち出す人があるかも知れません。いろいろな事業の保護者であり、芸術の偉大な養い手であり、文明社会の飾りであるぜいたくも有用であるとの理論を。われわれはそういう人に対して、あらかじめいくつかの手短な注意の言葉で答えたいと思います。

これまで述べてきた精神が功利主義的な精神ではないことは、人々のおそらく気づかれたところでしょう。けちん坊が吝嗇《りんしょく》（恨み惜しむ）によって自らに課したり、偏狭な精神の持主が間違った厳格主義によって自らに課したりする簡素と、われわれの求めている簡素とのあいだに何か共通なところがあると考えるのは誤りです。けちん坊にとっては、簡素な生活とは安あがりの生活です。偏狭な精神の持主にとっては、簡素な生活とは光彩のない、なすこともなき生活であり、この生活ではすべてほほえむもの、かがやくもの、魅惑するものを断つことが価値あることとされています。

多くの手だてを持っている人々が、その財産を退蔵する代りに流通させ、商業を活発ならしめ美術を栄えさせるのは悪いことではありません。要するに彼らは、そのめぐまれた地位を善用することになるからです。われわれがここでやっつけようというのは、愚かな浪費であり、富の利己的な使用であり、とりわけ、何よりもまず生活必需品を整える必要のある人々が余計なものを求めることなのです。芸術庇護者のぜいたくは俗悪な享楽者のぜいたく――豪奢な生活と見さかいのない濫費とによって同時代人をおどろかす俗悪な享楽者のぜいたく――と同じ影響を社会に及ぼすようなことはないでしょう。ぜいたくという名は同じでも、ここではその実態は非常に異なっています。金をばら撒くことだけが能ではありません。金のばら撒き方にも人間を高貴ならしめるものと、人間を堕落させるものとがあります。それに、金をばら撒くことは、その人がふんだんに金を持っていることを前提としています。

しかるに、限られた手だてしか持たない人々が奢侈な生活の趣味にとらえられると、問題は奇妙に変って来ます。ところで、現代においてわれわれの眼につくのは、自分の財産を節約すべき人々がその財産をやたらに使い果たしたがることなのです。金銭について鷹揚《おうよう》であることが一つの社会的善行であることは、わたくしもこれを認めるにやぶさかでありません。それどころか、ある種の金持ちたちの浪費は過度の富をへらすための安全弁のようなものであると主張することもできないことはないでしょう。ただわれわれが言いたいのは、節約を実行することがその人の利益でもあり義務でもあると思われるのに、例の安全弁にたわむれる人が世間には多すぎるということなのです。そうした人々のぜいたくと、ぜいたくに対する愛とは、個人の不幸であり、公共の危険であります。

不朽の美に存する清純さ

以上は有益なぜいたくについて述べました。

今やわれわれは美学の問題について、それも極めてつつましく、専門家の畑にふみこまないで、われわれの意見を述べたいと思います。簡素と美とを互いに敵対するものであるとなすのは、あまりにも広くゆきわたった錯覚です。けれども簡素なものが醜いものの同意語でないことは、ぜいたくなもの、重すぎるもの、凝ったもの、値段の高いものが美しいものの同意語でないのと同様です。

われわれの眼は、けばけばしい美や、金次第の芸術品や、優雅さも才気もないぜいたく物の騒々しい光景には傷つけられます。悪趣味と結びついた富は、あれほど驚くべき量の低級な作品を創造するために、人があれほどたくさんの金を手に入れたことを、時としてわれわれに遺憾に思わせます。わが国現代の芸術はわが国現代の文学と同じように簡素の欠如に悩んでいます。つけ加えられた飾りや、ひねくり回した修飾や、凝った想像が多すぎるのです。線や、形や、色彩において、完全な作品につきもののあの簡素さ――明白なものが否応《いやおう》なしに人の精神に訴えるように、人の眼に訴えるあの簡素さを観照することは、われわれにはめったに許されていません。

われわれは不朽の美の理想的な清純さによって鍛えなおされる必要があります。傑作の上にその烙印を押すところの、そしてその一条の光だけでもあらゆるけばけばしい見せびらかしにまさっているところの、あの不朽の美の理想的な清純さによって。

真の美の輝き

とはいえ、ここでわたくしが最も語りたいと思っていることは、生活の通常の美学についてなのです。それなくしては生活に魅力がないあの輝きを生活に与えるために、住いを飾ったり身じまいをする上での必要な心づかいについてなのです。というのはそうした余計ではあるが必要なものを人間が心にかけるか否かは、どうでもいいことではないからです。それによってこそ、人が自分の生活に魂をこめているかどうかはわかるのです。われわれが形を美化し、大切にし、詩的なものにしようとするのは無用なことであるどころか、わたくしはそうした配慮をできるだけ持ちつづけなければならないと考えます。ほかならぬ自然がわれわれに手本を示してくれていますし、われわれがわれわれのうつろいやすい生命をそれでもって飾る、あのはかない美の輝きに対して軽蔑を装う人は、神の思召《おぼしめし》をないがしろにすることになるでしょう。神ははかない花をも永遠の山々をも、同じ心づくしと同じ愛とをもって彩ってい給うからです。

けれどもわれわれをして真の美と名前だけの美とを混同させる、がさつな誘惑に陥ってはなりません。生活の美と詩とは、われわれがそれに与える意味にかかっています。われわれの家、われわれのテーブル、われわれの身じまいは、意図を表わすものでなければなりません。そうした意図をそこにおくためには、まずそうした意図を持っていなければなりません。そうした意図を持っている人は、どんな簡素な手段によってでも、そうした意図を認めさせるすべを知っています。自分の住いや服装に優雅さと魅力とを与えるには、金持ちである必要はありません。それには趣味と善意とがあれば足りるのです。これはすべての人にとって非常に重要なことです、けれどもこれはおそらく、男性にとってよりも女性にとっての方がいっそう関係の深い問題でしょう。

個性的な真実の美

女性たちに粗末な織物の着物を着せたり、袋を思わせるような味も素気《そっけ》もない型にはまった着物を着せたりしようとする人々は、自然をその最も神聖な点で汚す人々であり、物事の精神を全く見そこなう人々です。着物が単に寒さや雨から身を守るためのものにすぎないとしたら、荷造り用の布や動物の皮だけで足りるでしょう。けれども着物はそれ以上のものなのです。人間は自分のつくるすべてのものの中に自分の全部をこめるものなのです。すなわち人間は自分の使用する物をしるしに変えるものなのです。服は単なる蔽いではなく、一つの象徴です。このことはあの色とりどりの各国・各地方の衣服と、わが国のむかしの同業組合員が着ていた衣服とが説明しています。身じまいもまた、われわれに何か語りかけるものがあります。それは意味を持っていればいるほど価値があるのです。それが真に美しいためには、ですから、よいもの、個性的な真実のものを、われわれに告げ知らせるものでなければなりません。

ありったけの金を注ぎこんでも、もしその身じまいがそんな身じまいをしている当の女性と関係のない、個性のないものであったら、それは一つの仮面にすぎず、変なものにすぎません。流行のゆきすぎは、女身を全くの型にはまった飾りの下に消えうせさせてしまうことによって、女性からそのかんじんの魅力を奪います。こうして女性たちが非常にきれいであると思う多くの物が、女性たちの夫や両親のふところを痛めるとともに、女性たち自身の美をそこなうことになるのです。

自分の考えを表現するのに、非常に選択されていて優雅でさえもあるが、何かの会話の便覧の文句そのままの言葉を用いる若い娘があったらどうでしょう？　そのような借り物の言葉づかいにいったい何の魅力があるでしょう？　それ自身としては立派なものであっても、すべての女に一様に見られる身じまいの効果も、まさしくそれと同じです。

わたくしはここで、わたくしの考えに関係のあるカミーユ・ルモニエの文章の一節を引かずにはいられません。

自然は婦人の指に一つの魅力ある芸術を与えている。それは婦人が本能的に知っている芸術であり、婦人独得の芸術である。ちょうど絹が蚕の芸術であり、レースがはしっこい悧巧な蜘蛛の芸術であるように。……婦人はその優雅さとその天真爛《てんしんらん》漫《まん》さとの詩人であり、芸術家である。婦人は神秘を紡ぐひとであり、男性の気に入られたいという気持がこの神秘の衣裳をまとうのである。他のいろいろな芸術で男性に負けまいとして婦人が傾けるあらゆる才能も、婦人が自分の服を作ろうとしてほんのちょっとした服地にもこめる精神と創意とには決して及ばないであろう。

とすれば、わたくしはこの芸術がこれまで以上に重んじられてほしいと思う。教育とは自分の精神で考え、自分の心で感じ、個性的なささやかなもの、内部の潜在的な自我を表現することに在るべきであって、世上でおこなわれているように画一を目的としてその自我をふみにじったり、均《なら》したりすることにあるのではないのと同様、やがて母となるべき若い女性は、この身じまいの美学を早くから身につけてもらいたい。そしていつかは、自分の子供たちの着物をこしらえてやらなければならないのだから、自分の着物は自分でこしらえるべきであろう。……しかも、着物は女性の器用さと人格との傑作ともいうべきものであるから、この着物を即座にこしらえ、着物によって自分の個性を生かす趣味と才能とを身につけなければならない。……着物なくしては、婦人はもはや襤褸《ぼろ》（やぶれた着物）の包みにすぎないのである。

自分で作った着物はほとんど常にわれわれに一番よく似合うものであり、いずれにしても、われわれに最もよろこびを与えるものであります。これはわれわれの階級の女性たちがあまりにもしばしば忘れていることなのです。働く女性や農婦も同じ誤りを犯しています。彼女たちが、高価な流行品のいかがわしい模倣品を売りつける仕立屋や服飾品店で服を仕立てるようになってからというもの、庶民の服装には優雅さがほとんどなくなってしまいました。とはいえ、お国ぶりの服装をして、単なる簡素さだけで美しい女子工員や、田舎の娘の新鮮な出現ほど、好ましいものがあったでしょうか？

このような考察はわれわれの住いの整え方や飾り方にもあてはまります。生活についての一つの考え方を示す身じまいや、詩であるともいうべき帽子や、真に芸術的なリボンの結び方があるとすれば、また家の整え方にもそれぞれ精神に話しかける整え方があります。なぜわれわれは、われわれの住いを美化するという口実の下に、常にその価値のあるあの個性的な性格をわれわれの住いから取りのけようとするのでしょう？　なぜわれわれは、画一的な公式の美の型をのさばらせることによって、われわれの部屋をホテルの部屋同然のものにしたり、われわれの客間を停車場の待合室同然のものにしたりするのでしょう？

一つの町の家々や、一つの国の町々や、広い一つの大陸の国々を横切って歩いても、至るところにある種の同じような、避けることのできない形のもの——その千篇一律さによっていらいらさせられる形のものにしか出会わないというのは何という不幸なことでしょう！　それらの家々や、町々や、国々がもっと簡素であったら、どんなにか美しさが増すことでしょう！　そうなったら、あの見かけ倒しの華麗なもの、きざで陳腐で無味乾燥なあのすべての飾りの代りに、われわれは限りなく多種多様なものを持つことになるでしょう。よろこばしい見つけものがわれわれの眼を打ち、思いがけないものがいろいろな形の下にわれわれをよろこばせることになるでしょう。そしてわれわれは、ある種の古物に量りきれない価値を与えるあの人間的な個性のしるしを、壁布や、家具や、屋根に刻みつける秘訣をふたたび見つけることができるようになるでしょう。

家事に詩と美を見る

最後にもっと単純なことに移りましょう。それは現代の若い人たちの多くがいかにも詩的でないと思っているこまごました家事のことなのです。家庭を維持してゆく上に必要な物質的な仕事や、地味な心づかいに対する若い人たちの軽蔑は、世間にありがちなものではあるが、やはり不幸な混同した考え方に基因しています。この混同とは、詩と美とはある物にはあるが、他の物にはない、と考えることなのです。彼らによると、文芸をたしなんだり、ハープを弾いたりすることは、高尚優雅な仕事であって、靴を磨いたり、部屋を掃いたり、スープ鍋の番をしたりすることは、粗雑な優雅でない仕事である、というわけなのです。何という幼稚な誤りでしょう！

ハープも箒もこのことに関係はありません。すべてはハープや箒を握る手と、その手を生かす精神とにかかっているのです。詩は事物のうちにあるのではなく、われわれ自身のうちにあるのです。彫刻家が自己の夢を大理石に刻みつけるように、われわれは詩を対象に注ぎこまなければなりません。われわれの生活や仕事が、その外面的な立派さにもかかわらず、ともすれば依然として魅力がないのは、われわれがわれわれの生活や仕事に何一つこめるすべを知らなかったからなのです。芸術の極は生命のないものを生かし、野性的なものを馴らすことであります。

わたくしは現代の若い娘たちが、魂のない事物にも魂を与えるという真に女性的な芸術を、自己のうちに発達させることに努めてほしいと思うのです。女性における優雅さの勝利は、このような仕事のうちにこそあります。ひとり女性だけが、詩人をして「屋根は浮き立ち、かつ笑う」と言わしめたほどの徳のあるあの何ものかを、家の中にもたらすすべを知っています。

人々は、仙女というものは居ないとか、もはや居ないとか言っています。けれどもそんなことを言う人々は自分が何を言っているかを知らない者です。詩人たちによって歌われた仙女の元来のモデルは、詩人たちが愛すべき女性のあいだから見つけ出したものであり、今なお見つけ出しているものなのです。せっせと練り粉をこねたり、親切に綻《ほころ》びをつくろったり、ほほえみながら病人を看護したり、一筋のリボンにも優雅さをこめ、フライをこしらえるにも心をこめたりするすべを知っている、あの愛すべき女性のあいだから。

妻や娘の手によって生れる美

いかにも美術の教養には何かしら人を教化するものがあり、われわれの眼を射るものが、ついにはわれわれの思想や行為に滲みこむことは確かです。けれども芸術にたずさわったり、芸術作品を鑑賞したりすることは一部の人々にしか許されない特権です。誰でもが美しいものを所有したり、理解したり、創造したりするわけにはゆきません。けれども人の世の美の中には、どんなところにもはいってゆける一種の美があります、それはすなわちわれわれの妻や娘の手によって生れる美です。この美なくしては、どんなに飾られた家も冷い住いにすぎません。この美によってこそ、どんな殺風景な家庭も活気づき、明るくなるのです。人間の意志を気高くしたり、変えたりしてくれ、また幸福を増大させてくれる力の中でも、この美以上に普遍的な用途のある力はおそらく一つもありません。この美は最悪の困難の只中で、どんなに粗末な道具によっても、その価値を発揮するすべを知っています。

部屋が小さく、予算が限られ、食卓がささやかな時にも、生れつき才のある婦人は秩序と、清潔と、礼節とをそこにみなぎらせる手段を見つけます。そのような婦人は自分の企てる一切のことに心づかいと芸術とをこめます。なすべきことを立派に果たすことは、そのような婦人の眼から見れば、金持ちの特権ではなくて、万人の権利なのです。だからこそ、そのような婦人はその権利を行使して、自分の家庭に品位と愉しさとを与えることができるのです。金で働く奉公人たちに何もかも任せきりにされている金持ちの家にはとうてい見られない品位と愉しさとを。

生活は、このように解すると、今まで知られなかった美や、内的な魅力や満足に富んだものであることがやがて明らかにならずにはいません。自分自身であること、自分の自然な環境においてその環境の許す美を実現すること、これこそが理想です。こうして、事物に魂を注入し、その慈愛に満ちた魂に、外面的な象徴として、どんな荒々しい人間も心を打たれずにはいないようなあの快いデリケートな形を与えることが、結局は女性の使命であるということになれば、どんなにか女性の使命は深さを加え意味を増すことでしょう！　それは自分の持たないものを羨望して、自分に縁もゆかりもない何かの飾りを無器用に真似ようとすることよりも、もっと価値のあることではないでしょうか？

第十二章　交際関係における傲慢と簡素と

傲慢が引き起こす争い

よりよい生活、より静かな、より強い生活への障害は、われわれの周囲の事情よりもむしろわれわれ自身のうちにあることを証明するのに、傲慢という言葉ほど適切な表現を見つけることは恐らくむずかしいでしょう。社会的地位の多様さ、とりわけ社会的地位の差は、不可避的にあらゆる種類の紛争を引き起こします。けれども、もしわれわれがこれまでに引かれている外面的必然の枠の中にもっと異なった精神を入れたならば、同一の社会の成員のあいだの諸々の関係は、それにもかかわらず、どんなにか簡素なものとなることでしょう！　人々を仲たがいさせるものは、何よりも階級や職業の相違ではない、人々の運命の種々雑多な相異なる形ではない、ということをよくのみこんでおきましょう。もしそうだとしたら、同僚や仲間のあいだには——利害を同じくし運命を同じくするすべての人々のあいだには、牧歌的な平和がみなぎるのが見られるはずでしょう。

ところが誰でも知っているように事実はその反対で、最も激烈な喧嘩は同じ仲間同士のあいだに起こる喧嘩であり、内乱よりも悪い戦争はないのです。いや、人間が互いに理解し合うのを妨げるものは、何よりも傲慢なのです。傲慢は人間を針鼠にします――他人を傷つけることなしには他人にふれることのできない針鼠に。まず最初に世のおえら方の傲慢について語りましょう。

金持ちの陥る傲慢のわな

四輪馬車を駆っている金持ちがあるとしましょう。この金持ちにあってわたくしの気に障るのは、彼の馬車でもなく、彼の身なりでもなく、また彼の奉公人の数や威厳でもありません。彼の軽蔑が気に障るのです。彼が大きな財産を持っているにしても、そのことはわたくしの性格が卑しくない限り、わたくしを傷つけるものではありません。けれども彼がわたくしに泥水をひっかけ、わたくしのそばすれすれに馬車を駆り、わたくしは彼のような金持ちでないから、彼にはわたくしなんか眼中にないということを、その態度全体で示すことこそ、正当にもわたくしを不快ならしめることなのです。要するに彼はわたくしに苦しみを、それも無益な苦しみを与えるのです。このような人を傷つける傲慢に対して彼は理由もなくわたくしを辱しめ侮るのです。

憤慨するのは、わたくしのうちにある卑しいものではなく、わたくしのうちにある最も高貴なものなのです。

お前は羨《うらやま》しがっているのだろうなどといって咎《とが》めないでください、わたくしは何の羨望も覚えてはいません。人間としてのわたくしの威厳が傷つけられているのです。こうした印象の由って来るところをさらに明らかにするには、何も手間はかかりません。人生というものを見て来た人なら誰でも、わたくしの言葉を裏づけてくれるような多くの経験を人生から得ているはずです。

物質的な利害に没頭している人々から成るある種の社会では、富の傲慢が非常に力をふるっているので、人間は取引所で有価証券の相場でも立てるようにして、お互いの価値をつけ合います。人を尊敬するもしないも、その人の金庫の内容次第というわけです。

上流社会は莫大な財産の持主から成り、中流社会は中位の財産の持主から成る。そしてその次に僅かの財産しか持たない庶民と、無一物の貧民とが来る。人々はどんな場合にもこのような原則に従って互いに遇し合っています。そして、比較的金持ちで、自分ほど豊かでない人を侮った当人も、今度はまた自分よりも富んだ人々から侮られるのです。こうして狂気のようになって自分を他と比較したいという気持が上流階級から下層階級にまで及んでいます。このような環境は最も悪い感情の温床として、あつらえ向きに出来ているようなものです。けれども咎めなければならないのは富ではなく、人々が富におく精神です。ある種の金持ち、とりわけ、父祖の代から裕福に慣れている金持ちは、富についてそんな野卑な考え方はしていません。

けれども金持ちは貧富の差をあまり際立《きわだ》たせないことが一つのデリケートな心づかいであることを忘れます。たといあり余るものを享受することは何も不都合なことではないとしても、そのあり余るものを見せびらかし、とりわけ、生活必需品にも事欠いている人々を傷つけ、貧しい人々に自分のぜいたくを見せつけることが、どうしても必要なことなのでしょうか？　たしなみと一種の羞じらいとが、必ずや健康な人をして、肺病で死にかかっている人の傍らでは、自分のたくましい食欲や、安らかな睡眠や、生きるよろこびについては、語らせないでしょう。金持ちの多くは時としてセンスを欠いており、そしてそのため憐れみと慎重さまで欠いているのではないでしょうか？　とすれば彼らが他人の羨望について愚痴をこぼすのは見当ちがいではないでしょうか？　羨望されても仕方がないだけのことをしているのですから。

けれども自分の財産を誇ったり、知らず識らずぜいたくの誘惑に負けたりする人にとりわけ欠けているのは、見さかいです。まず第一に、富を個人の特質と思うのは子供っぽい混同した考え方です。容器とその内容との相互の価値について、これ以上の素朴な考えちがいはないでしょう。わたくしはこの問題については、くどくどと述べたくありません。これはあまりにもつらい問題だからです。とはいえ、この問題に関係のある人々に言わずにはいられません。――注意なさい。あなたの財産とあなた自身とを混同してはいけません。世界の華やかさの裏面をもっとよく知って、世界の精神的惨めさと児戯に類したくだらなさとを強く認識なさるがいい。実際、傲慢はあまりにも滑稽な数々のわなをわれわれにかけています。われわれを隣人にとって憎むべきものにし、われわれに明識を失わせるこの傲慢という名の伴侶を警戒しなければなりません。

社会的職能としての所有

金持ちとしての傲慢に身をゆだねる人は、次にもう一つの、最も重大な点を忘れます。それはすなわち、所有することは一つの社会的職能であるということです。なるほど個人の財産は、個人の生活そのものや、個人の自由と同じく正当なものであるかも知れません。これらのものは不可分であり、すべての人々の生活のこれほど基本的な基礎を攻撃することは危険の多い夢でしょう。けれども個人はあらゆる点で社会につながっており、何をするにも全体を目的としてしなければなりません。ですから所有することは、得意がるべき特権であるというよりも、その重さを痛感すべき負担なのです。

どんな社会的職能を果たすにも、ともすれば困難な修業が必要であるのと同じく、富と呼ばれるこの職能も一つの修業を必要とします。所有するすべを知ることは一つの技術、それも最も学びにくい技術です。貧しい人々と富んだ人々とを問わず、たいていの人々は、富裕の境涯にあってはもはや安易な生活に身をまかせさえすればいいと思いこんでいます。だからこそ金持ちであるすべを心得ている人は、あんなに稀なのです。富は、あまりにも多数の人々の手の中にあっては、ルターの陽気にも恐るべき譬《たと》えのように、驢《ろ》馬《ば》の脚もとにおかれた竪琴《たてごと》のようなものです。人々はその使い方を全く知らないのです。

ですからわれわれは、金持ちでいてしかも簡素な人、すなわち自己の人間的使命を果たすための一つの手段としてその富を見ている人に出会ったら、その人に敬意を表さなければなりません。けだしその人は確かに相当な人物だからです。彼は数々の障害を克服し、数々の試錬に打ち勝ち、卑俗なあるいは負けやすい誘惑に乗ぜられなかった人なのです。彼はその財布の内容を自分の頭や心臓の内容と混同する人間ではなく、同胞を尊敬するのに数字をもってする人間でもありません。彼の例外的な地位は、彼を高慢にするどころか、彼をへりくだらせます。なぜなら彼は自分にはまだまだ欠けているところがたくさんあって、自分の義務の高さにまではとうてい達しえないことを痛感しているからです。一口に言えば、彼は金持ちではあっても、やはり人間としてとどまっています。

すなわち彼はあしらいがよく、好んで人を助けます。そしてその財産を障壁となして他の人々から自分を隔てるどころか、その財産を一つの手段となして常にいっそう他の人々に近づきます。金持ちという役はあれほど多くの傲慢で利己的な人々によって奇妙にも毒されていますが、このような金持ちは正義に対して無感覚でないすべての人の、やがて尊敬するところとならずにはいないでしょう。このような金持ちに近づいて、その生活ぶりを見る者は誰でも、自分自身をふり返ってこう自問せずにはいられないでしょう。「あんな地位にあったらわたしはどうなっていただろう？自分自身の財産に対してまるで他人の財産でもあるかのように振舞う、あのつつましさ、あの超脱ぶり、あの誠実さがわたしに持てただろうか？」と。

世界と人間社会とがある限りは、苛酷な利害の争いがある限りは、羨望と利己主義とが地上に存在する限りは、簡素の精神に貫かれた富ほど尊敬すべきものはないでしょう。そのような富は赦《ゆる》されるどころか、愛されることでしょう。

権力から来る傲慢

富から来る傲慢よりもさらに有害なのは、権力から来る傲慢です。しかもわたくしがここで権力というのは、大きな力であれ小さな力であれ、とにかく一人の人間が他の人間の上に及ぼす一切の力のことなのです。世界における人間同士の力の関係が不平等なのは、どうしても避けがたいことでしょう。あらゆる組織は力の上の階層を前提とします。われわれは決してそこから出ることはないでしょう。けれどもわたくしが恐れるのは、権力を好む者は非常に多いが、権力の真の精神を知っている者はほとんどいないのではないか、ということです。権力の精神を誤解し濫用するあまりに、いくらかでも権威を持っている人々は、ほとんど至るところで権威というものに巻添えを食わせるに至ります。

権力はそれを掌握している者に極めて強い影響を及ぼすものです。権力によって乱されないためには、よほど頭がしっかりしていなければなりません。ローマの皇帝たちが、その全盛時代に捉えられたあの一種狂気の沙汰は、普遍的な病気であって、このような病気の徴候はいつの時代にも存在していました。どんな人間のうちにも暴君が眠っていて、機会があったら眼をさまそうと待ち構えています。

ところで暴君は権威の最悪の敵です。なぜなら暴君は権威を堪えがたいほど戯画化するものだからです。無数の社会的錯綜や、気まずい思いや、憎しみが、そこから生れます。自分に依存している人たちに向って、「これをせよ――それが余の意志なのだから、いや、それが余の楽しみなのだから」と言う者は誰であれ、悪いことをする者です。われわれの誰のうちにも、われわれをして個人の権力にさからわしめる何物かがあります。そしてこの何物かは非常に尊敬すべきものなのです。というのは根底においてはわれわれは平等だからです。そして彼が彼でありわたくしがわたくしだからといって、わたくしを強いて服従させる権利のある者は誰もいないからです。もし誰かがわたくしを服従させるならば、その人の命令はわたくしを卑しめるものです。おめおめ卑しめられているわけにはゆきません。

学校や、町工場や、軍隊や、官庁で暮らしたことがあり、主人と奉公人との関係を近くから観察したことがあり、人間の強権が同じ人間に対してふるわれる至るところにしばし立ちどまってみたことのある人でなければ、高慢にも権力を行使する人々の加える害悪は想像がつきません。そうした人々はあらゆる自由な魂を奴隷のような、いわば叛逆者根性にします。そしてこのような忌まわしい反社会的な結果は、命令する者が身分の点で服従する者に近ければ近いほど、確実に生じるもののようです。最も執念ぶかい暴君は小型の暴君です。町工場の長や職工長は工場長や工場主よりも、そのやり口が兇暴です。伍長のある者は大佐よりも、兵卒に対してつらくあたります。奥さんがそのお手伝いさんにまさる教育をあまり受けていないある種の家庭では、奥さんとお手伝いさんとの関係は獄吏と徒刑囚との関係みたいなものになっています。どの世界ででも、自分の権威に有頂天になっている下っぱの人間の手中に落ちた者は不幸なるかなです。

権力を行使する者の第一の義務は謙遜である、ということがあまりにも忘れられています。ふんぞり返るのが権威ではありません。掟はわれわれではありません。掟はすべての人の頭上にあるのです。われわれはただ掟を解釈する者にすぎないのです。けれども他の人々に対して掟を価値あるものに見せるには、まずわれわれ自身が掟に服従しなければなりません。人間社会における命令と服従とは要するに同じ徳、すなわち自発的な奉仕の二つの形にすぎないのです。たいていの場合、人々がわれわれに服従しないのは、われわれ自身がまず服従しなかったからなのです。

簡素さをもって命令する人々こそ、人々に精神的権勢を及ぼすことができます。そうした人々は精神によって事柄の苛酷さをやわらげます。そうした人々の権力は飾紐にあるのでもなく、肩書にあるのでもなく、懲戒手段にあるのでもない。そうした人々は鞭を用いるわけでもなく、おどかしを用いるわけでもないのに、しかも一切を手に入れることができるのはなぜか？　そうした人々は自らどんなことでもしようと身構えているということを、誰でもが感じているからです。ある人が他の人に対して、時間や、金や、財産や、生命の犠牲までも要求する権利を与えられるのは、何によってなのか？　その人は自らすべてこれらの犠牲を払う決心をしているばかりでなく、あらかじめ心の中でこれらの犠牲を払っていてこそ、そうした権利を与えられるのです。このような精神に生きている人の下す命令には、何ともいえない力がこもっていて、命令に従ってその人を助け自己の義務を果たすべき人に伝わります。人間の活動のあらゆる分野には、部下の兵士を鼓舞し、ささえ、感奮させる長官があり、それらの長官の指揮によってこそ、一つの部隊はすばらしい手柄《てがら》を立てるのです。人々はそれらの長官といっしょならばどんな努力でもできそうな気がし、火の中へでも入ってゆけそうな気がするものです。そして実際、熱狂的に火の中へ飛びこんでゆくでしょう。

ささやかな人々の傲慢

けれどもおえら方の傲慢だけでなく、ささやかな人々の傲慢もあります。すなわち高位高官の人の尊大さと対《つい》をなす下層の人の尊大さです。この二つの傲慢の由って来るところは同一です。「掟はほかならぬこの私である」という人は、その態度だけで人々の反感を買うあの高慢・横柄《おうへい》な人ばかりではありません。自分よりもすぐれたものの存在を許そうとしない、あの頭の悪い下っぱの人間もまた、「掟はほかならぬこの私である」という人間なのです。

実際、世には何であれ自分よりもすぐれたものに対すると、いら立つ人々が少くありません。彼らは、すべての意見を侮辱と感じ、すべての批評を誹謗と感じ、すべての命令を自分たちの自由の侵害と感じます。彼らは規則には堪えられないでしょう。何かを、あるいは誰かを尊敬することは、彼らには心の迷いとしか見えないのです。彼らは彼らなりにわれわれに向って言います、「俺たちのため以外には、誰のためにも場所はない」と。

扱いにくく極端に感情を害し易くて、そのぱっとしない地位にあって、上役から決して十分な敬意を表してもらえないと思っていて、どんな立派な人やどんな人間的な人によっても満足させられず犠牲者のような様子で自分の義務を果たしてゆく人々もまた、やはり傲慢な人間の部類に属します。こうした不機嫌な人々の心の奥には、場ちがいな自尊心がありすぎるのです。彼らは素直に自分の持場にいるすべを知らず、滑稽な無理な要求と、正しくない下心とによって、自分の生活と他人の生活とを複雑ならしめるのです。

人間をこまかに研究してみると、ささやかな人々と呼ぶべき人々のあいだにも傲慢がたくさん隠れているのに驚かされます。傲慢という悪徳の力は非常なものなので、この悪徳はどんなつつましい身分の人々のまわりにも厚い壁をめぐらして、それらの人々をその隣人から孤立させるに至ります。彼らはその野心と他人に対する軽蔑とをバリケードとして立てこもり、貴族的な偏見のうしろに立てこもっているこの世の権力者たちと同じく、近づきがたいものとなっています。無名な人にあっても令名ある人にあっても、傲慢は人類の敵としてのその陰鬱《いんうつ》な王座にあって、もったいぶっています。それは貧困な人々にあっても世に時めく人々にあっても同様で、無力にして孤独であり、すべての人を警戒し、すべての事をこみ入らせます。相異なる階級のあいだにあれほど多くの憎悪と敵愾心《てきがいしん》とがあるのは、外面的な宿命のせいであるというよりも、内面的な宿命のせいであるということは、どんなに繰り返して述べても足りないでしょう。

利害の対立と地位の対照とがわれわれのあいだに溝を掘るということは、誰も否むことのできない事実です。けれども傲慢は、それらの溝を深淵に変えます。そして一方の岸から向う岸へ向って、「あなたとわたしとのあいだには何の共通点もないのだ」と叫ぶのは、根本においてはこの傲慢だけなのです。

知識ある人々の傲慢

傲慢についていうべきことはこれで尽きたわけではありません、けれども傲慢をそのあらゆる形の下に描き出すことはとてもできません。とりわけ傲慢が知識に干渉して知識を不毛にするのが、わたくしは怨《うら》めしいのです。われわれは知識を、富や権力と同様、われわれの同胞に負うています。知識は人間に奉仕すべき一つの社会的力です。ところで知識のある人々がその心情によって、知識のない人々のそばにとどまっているのでなければ、知識は人間に奉仕することはできないわけです。知識が野心の具に変る時は、それは知識の自殺です。

立派な人々の傲慢については、何といったらいいでしょう？　というのは立派な人々の傲慢というものも存在するからです。そしてそのような傲慢は、徳そのものをさえ憎むべきものにします。他人のした悪いことを後悔する正義の士は、連帯責任を重んじる人であり、社会的真理を尊ぶ人です。これに反して、他人のあやまちや奇癖のゆえに他人を軽蔑する正義の士は、自ら人類と絶つ人であります。そしてその人の数ある長所も、その人の虚栄心のむなしい飾りに堕して、親切心という魂のない富や、服従の精神によって和らげられていない権威に似たものとなります。傲慢な金持ちや、横柄な権力者に劣らず、高慢な徳は憎むべきものです。そのような徳は何かしら挑発的なところのある顔つきや態度を人間に与えます。そのような徳のお手本は、われわれを惹《ひ》きつける代りに反発させます。そしてそのような徳は人々にめぐみを施してやるつもりでいても、そのめぐみを受けた人々は平手打ちを食わされたような思いをします。

つづめて、結論を申しましょう。――われわれの長所は、それがどんなものであれ、われわれの虚栄心に奉仕すべきであると考えるのは誤りです。それぞれの長所は、それをめぐまれている人にとって、一つの義務でこそあれ、自慢の理由にはなりません。物質的な富や、権力や、知識や、心および精神の特質は、それが傲慢をはぐくむに役立つ場合には、不和の原因になるばかりです。これらのものはそれを所有する人々にとって謙遜の種であってのみ、人間に恩恵を与えることができます。われわれが多くを所有しているなら、つつましくあろうではありませんか。なぜならそれはわれわれが債務者である証拠だからです。人間の所有するすべてのものは誰かのおかげなのです。しかもわれわれはわれわれの負いめを払えるかどうかもわからないのです。

われわれが重要な職務に就いていて、他の人々の運命をわれわれの手中に握っているなら、つつましくあろうではありませんか。いやしくも明識ある人なら、そのような重々しい義務を引き受けることは自分には過ぎた役割であると感ぜずにはいられないからです。

われわれが多くの知識を持っているなら、つつましくあろうではありませんか。それらの知識はわれわれが未知の世界の大きさをいっそうよく認めるのに役立つばかりであり、また、われわれが自分で発見した僅《わず》かなものを、他人の骨折りのおかげで発見された莫大なものに比較するのに役立つばかりだからです。

最後に、われわれが有徳であるなら、とりわけつつましくあろうではありませんか。なぜなら訓練を経た良心の持主以上に自分の欠点に敏感な者はないはずであり、そのような良心の持主は他人に対して寛容であることの必要と、悪をなす人々のために自ら苦しむことの必要とを、誰にもまして感じるにちがいないからです。

――ではこの世で必要な、人間のあいだの区別はどうなるのですか？　という人があるかも知れません。――簡素を強調するあまりに、あなたは人間のあいだの懸隔《けんかく》の意識を抹殺しようとなさるのではありませんか？　一つの社会がうまく動いてゆくためにはどうしても維持する必要のある、あの懸隔の意識を？

――わたくしは人間のあいだの懸隔や区別を抹殺せよというのではありません。けれどもわたくしは、一人の人間を他の人間と区別するものは地位でもなく、職務でもなく、制服でもなく、財産でもなく、ただその人間自身であると考えます。どんな時代にもまさって、現代は単なる外面的な区別のむなしさを白日の下にさらして見せました。今日では何か相当の人物であるためには、皇帝のマントを着たり王冠を頂いたりしただけではもはや足りません。飾紐や、紋章や、綬を誇っても何になるでしょう？　なるほど、外面的なしるしも咎めるべきではなく、意味もあり効用もあるでしょう。けれどもそれは相当の人物の場合に限られたことなので、空虚な人物の場合ではありません。外面的なしるしがもはや何物にも対応しない暁には、それは危険な無用の長物となります。

自己を他と区別するただ一つの真の方法は、人間としての価値で他にまさることです。それ自身としてはいかにも必要な、いかにも尊敬すべき社会的な区別が、実際に尊敬されてほしいとあなた方が望まれるならば、あなた方はまずそれにふさわしいものにならなければなりません。でなければあなた方は、それらの区別を憎悪させ軽蔑させることになるでしょう。尊敬の念がわれわれ現代人のあいだに低下していることは、不幸にしてあまりにも確かな事実です。しかもそれは尊敬されたがっている人に与えるに適したところの、その人を他と区別する栄誉のしるしが欠けているからでは勿論ありません。尊敬の念の低下というこの病患の原因は、高い地位にある人は生活上の日常の義務を守らなくてもよろしいという偏見に在ります。高い地位に登ると、われわれは掟を守らなくてもよいと思いこむのです。こうしてわれわれは、服従と謙譲の精神は社会的地位とともに高まるべきだということを忘れます。その結果、自分の職務に対して最も多くの尊敬を要求する人々に限って、そのような尊敬に値するだけの努力をすることが最も少い、ということになります。尊敬の念が今日減っているのは、こういうわけからなのです。

人間のあいだの区別で、必要な唯一の区別は、その人がよりよき者になろうとしているかどうかということです。よりよき者になろうと努める人は、その人を尊敬すべき人々に対してさえも、いっそうつつましく、いっそう近づきやすく、いっそう親しくなります。けれどもその人は親しく知られれば知られるほど真価を認められるばかりですから、他の人にぬきん出た高い階層の人として仰ぎ見られないはずはありません。こうしてその人は傲慢でなかっただけ、それだけ多くの尊敬をかちえることになるのです。

第十三章　簡素のための教育

子供は親の補足物か

簡素な生活はとりわけ一つの心構えの産物であるからには、教育がこの領域で大きな影響を及ぼすべきことは当然です。

世上おこなわれている子供の育て方には、ほとんど二つしかありません。第一は子供たちをわれわれ自身のために育てることであり、第二は子供たちを子供たち自身のために育てることです。

第一の場合では、子供は両親の補足物として考えられています。子供は両親の財産の一部であって、両親の所有物のあいだに一つの位置を与えられているにすぎません。両親がとりわけ愛情生活を尊重する人たちである場合には、この位置は最も高いものです。両親が物質的利害に支配されている場合には、子供は第二位、第三位、いや最後の位置に追いやられることもあります。いずれの場合にも、子供は一個の人間としては認められません。幼い時には、服従からばかりでなく（それは正当なことですが)、その全存在が両親に従属して一切の創意がなくなるために、両親のまわりをうろうろしています。長ずるにつれて、この従属関係はひどくなり、思想や、感情や、その他すべてに及んで、自分のものは何一つ持たなくなります。

こうして、大人となっても彼は相変わらず未成年同様なのです。彼は徐々に独立してゆく代りに、次第に奴隷状態に陥ってゆきます。彼は父親の望みどおりの者、すなわち父の商売や、さらにはまた、父の宗教的信念や、政治的意見や、美的趣味によって、かくあれかしと要求されるとおりの者になります。彼は父親の絶対主義の方向と限界とに従って、考えたり、話したり、行動したり、結婚したり、家族をふやしたりするでしょう。

このような家庭的絶対主義は、何ら強い意志のない人々によっても行使されることができます。それにはそれらの人々が、子供が両親の物であることは善良の秩序の要請であると思いこんでいさえすれば十分なのです。彼らは強い意志を持たない場合には、他の手段、すなわち溜息や、哀願や、下等な誘惑によって、子供をわが物にするでしょう。子供を鎖につなげなければ、鳥もちで捕えたり、わなにかけたりするでしょう。けれどいずれにしても、子供は両親のうちに、両親によって、両親のために生きることになるでしょう。それ以外のことは許されないのです。

この種の教育は家庭でおこなわれているばかりでなく、他の大きな社会的機関でもおこなわれています。これらの機関の主な教育的職能は、新人を手なずけて、既存の枠の中に否応《いやおう》なく閉じこめることに在ります。それは個人をある社会的団体——神政的団体であれ、共産主義的団体であれ、あるいは単に官僚的・御役所的団体であれ、とにかく一つの社会的団体の中に還元し、粉砕し、吸収することです。外面から見ると、このようなやり方は特別に簡素な教育であるかのように見えるでしょう。実際、そのやり口は全く単純なものです。もしも人間が個性のある一個の人間でなく、民族の一員にすぎないものであったとしたら、それは完全な教育でありましょう。種類を同じくするあらゆる野生の動物や、あらゆる魚や、あらゆる昆虫は同じ箇所に同じ条《すじ》があるのと同様、われわれが民族の一員にすぎなかったとしたら、われわれはみんな同一で、同じ趣味、同じ言葉、同じ信仰、同じ傾向を持っているでしょう。けれどもわれわれは民族の単なる一員ではありません。そしてそれだからこそ、この種の教育は、その結果からいって簡素などころではないのです。

人間は互いに非常に異なっていますから、個人の思想を一つに還元し、眠りこませ、消滅させるには無数の手段を考え出さなければなりません。しかもその試みは一部しか達せられないために、すべてが果てしなく混乱させられるのです。絶えず、何かの割れ目から、内的な創意の力が烈《はげ》しく洩れ出して来て、爆発や、激動や、重大な混乱を生じさせるのです。そしてそういったものが何も生ぜず、創意の力が外的な権威の下に抑圧されている場合には、害悪が奥の方にくすぶっています。すなわち外見上の秩序の下に、陰にこもった反抗や、アブノーマルな生活によって生じた欠点や、無感覚や、死がかくれています。

このような結果を産む教育は悪い教育です、そして、それはいかに簡素に見えようとも、実はあらゆる厄介《やっかい》なものを招来するのです。

子供の言いなりでよいか

もう一つの教育は、これとは全く対立するものです。それは子供たちを子供たち自身のために育てる教育です。役割はちょうど逆になっています。ここでは両親が子供のために存在しています。子供は生れるや否や、中心となります。祖父の白髪頭や、父のたくましい頭が、子供のちぢれた頭の前に垂れます。子供の片言は祖父や父の掟であり、子供がちょっと合図しただけで足ります。子供が、夜中に、揺籃《ゆりかご》の中で少し強く泣き叫ぶと、どんなに疲れていても、家じゅうの者が起きなければなりません。赤ん坊はたちまち自分の全能に気づきます。そしてまだ歩き出しもしない前から、権力にのぼせています。大きくなるにつれてその権力は増大し、すばらしくなるばかりです。両親、祖父母、奉公人、先生たち、すべての者が子供のいいなりです。子供は隣人の敬意を受けるどころか、隣人を犠牲にすることさえ辞しません。子供は自分の通る際に道をよけない者があることを許しません。子供の眼中には自分だけしかないのです。彼は唯一の者、完全な者、誤ることのない者なのです。

人々は自ら自分たちの主人を背負いこんだことに気づきますが、それは後の祭です。しかも何という主人でしょう！　人の払ってくれた犠牲を忘れ、尊敬を知らず、憐れみの情さえもない主人！　彼は自分が何から何までおかげを蒙《こうむ》っている人たちのことをもはや顧《かえり》みず、人生の道を掟もなく野放図に歩いてゆきます。

このような教育も家庭だけでなく、広く社会でおこなわれています。過去が数に入らず、歴史が現存者とともにはじまり、伝統もなく、規律もなく、尊敬もないところでは、また、最も物を知らない人々が最も大きなことを言い、公共の秩序を代表すべきすべての人々が、たまたま飛びこんで来た人間――ただやたらに叫び、誰をも尊敬しないというだけでのさばっている人間――の言うことを気にかけるところでは、このような教育が栄えているわけです。このような教育は、諸々のはかない情念の支配と、下等な専断の勝利とを確立します。

以上の二つの教育の中、前者は環境を高揚する教育、後者は個人を高揚する教育であり、また前者が伝統の絶対主義であるとすれば、後者は新来者の専制です。わたくしはこの二つの教育を比べてみて、いずれも不幸な教育であると思います。けれどもなかんずく最も不幸なのは、この二つの教育が組み合わされたものです。そうした教育は、半ばロボットで半ば暴君的な人間、羊のように柔順な精神と反逆的あるいは圧制的精神のあいだを行ったり来たりする人間を産みます。

自分自身となり、同胞を愛する者に育てる

子供たちは子供たち自身のために育てられてもならず、両親のために育てられてもなりません。人間は何か小説中の人物みたいなものになるべく運命づけられているのでもなく、一つの見本になるべく運命づけられているのでもないからです。子供たちは人生のためにこそ育てられなければなりません。子供の教育は子供を助けて人類の活動的な一員、同胞としての力、都市の自由な奉仕者となすことが目的です。これと異なった原理に基づく教育をおこなうことは、生活をいたずらに複雑ならしめ、生活をゆがめ、あらゆる混乱の種を蒔くことです。

子供の運命を一言で約言しようとすれば、未来という言葉が唇《くちびる》の上に浮かんで来

ます。子供は未来です。この言葉がすべてを語っています——過去の骨折りをも、現在の努力をも、将来の希望をも。ところで、教育がはじまる時期には、子供はこの言葉の意味を測り知ることができません。その時期には、子供は当面の印象の至上の力に眩惑させられているからです。誰が子供に最初の説明を与え、子供をそのたどるべき道に就かせてやるべきでしょう？　それは両親と教育者たちです。けれども彼らは少しでも考えてみれば、自分たちの仕事は自分たち自身と子供との利害に関係があるばかりではないこと、自分たちは非個人的な権力を行使する者であり非個人的な利害を司る者であることを感じるでしょう。子供は常に彼らにとって未来の市民として現われなければなりません。このような気がかりの影響の下に、彼らは互いに補い合う二つの配慮を抱くことになるでしょう。すなわち彼らの子供のうちに芽ばえて大きくなってゆくべき最初の個人的な力についての配慮と、この力の社会的使命についての配慮とがそれです。

子供の教育にあたっては、どんな時にも、彼らは次のことを忘れることができないでしょう、すなわち彼らが預っているこの小さな者は自分自身となり、同胞を愛する者となるべきだということを。この二つの条件は互いに相容れないどころか、不可分に結びついているのでなければ存在しないものです。人は自己の主人として自己を所有しているのでなければ、同胞を愛したり自己を与えたりすることはできません。そしてまた逆に、自分の生活の表面上の不慮の出来事の数々を越えて、人間というものの深い源泉——そこで人間が自己の有する奥深いものによって人間に結びつけられているのを感じるあの源泉——まで下りてゆくことなしには、なんぴとも自己を所有することはできず、自分自身を他人と異なった点でつかむことはできないのです。

子供を助けて自分自身となし同胞を愛する者となすには、諸々の無秩序の力の強烈・有害な影響に対して子供を守らなければなりません。

これらの力は外部的なものでもありまた内部的なものでもあります。誰でも外部的には物質的な危険によってばかりではなく、他人の意志の烈しい干渉によって脅されていますし、内部的には誇大な自己意識と、この意識から生れるあらゆる幻想とによって脅されています。外部的な危険の中でも非常に大きなのは、教育者たちの力の濫用から来ることのある危険です。教育には強者の権利が極めて容易にはいってきがちです。教育にたずさわるには、あらかじめこの権利を放棄していなければなりません。いいかえると、自分というものについての劣等意識を棄てていなければなりません。この意識はわれわれを他人の敵、いやわれわれの教え子たちの敵にさえ変えるものだからです。われわれの権威はわれわれ自身よりもすぐれたもう一つの権威に基づいていてこそ、徳を及ぼすことができるのです。その場合にはわれわれの権威は有益であるのみか、欠くべからざるものです、そして人間を脅す最大の内的な危険、すなわち自己を過大視する危険に対する最上の防壁ともなります。

静かなより高い意志を持って

人生のはじめにおいては、個人的な印象が非常に強烈なものなので、平衡を取りもどすために、その強烈な印象を一つの静かなより高い意志の影響の下に置いて鎮めなければなりません。教育者の固有の職能は、子供の傍らにあって、できるだけ不断に、できるだけ利害を離れて、この意志を代理することです。そうすれば教育者たちは、この世の尊敬すべきもののすべてを代表することになります。彼らは人生の道をふみ出す子供に対して、自分の前に立って進み、自分を追い越し、自分を温く包んでくれる人であるとの印象を与えます。けれども彼らは子供をおしつぶすどころか、彼らの意志と彼らが子供に伝えるあらゆる影響とは、子供自身のエネルギーを養う要素となります。このようにして影響を与えることは、みのり多い服従の精神をつちかうことであり、この服従からこそ自由な性格の人間が生れるのです。

両親や、教師や、学校の単なる個人的な権威と、子供との関係は、密生した茨の茂みと若い植物との関係のようなものです。茨の茂みの下では若い植物は色あせて枯れてゆきます。非個人的な権威――尊敬すべき実在のものに自らまず服従して、その実在のものに子供の個人的気まぐれを従わせようとする人の権威は、清らかな光りかがやく雰囲気に似ています。こうした権威はたしかに力強く、これはこれなりにわれわれに影響を及ぼすものではありますが、しかしわれわれの固有の生活をはぐくみ、しっかりと打ち立ててくれるのです。このような権威なくしては教育はありません。監督し、指導し、さからうこと、それが教育者の職務なのです。教育者は子供から気まぐれの柵みたいなものに見られてはなりません。必要とあれば障害の高さを見定めて、跳び越えてもいいような気まぐれの柵みたいなものに見られてはなりません。そうではなく、透明な壁みたいなものに見られるべきです。その壁ごしに確固不動の実在のもの、諸々の掟や、道しるべや、真理が見え、それらのものにはどうしてもさからえない、といったような透明な壁みたいなものに見られるべきです。こうすれば尊敬の念が生れて来ます。われわれの誰でもが持っている、自分よりも偉大なものを認める機能である尊敬の念が。われわれを謙遜にすることによってわれわれを偉大ならしめ、われわれを自由ならしめてくれる尊敬の念が。これぞ簡素のための教育の掟なのです。それは次のような言葉につづめられるでしょう。すなわち、自由にしてしかも尊敬ぶかい人間、自分自身であってしかも同胞を愛する人間をつくること。

尊敬の念をはぐくむ

この原理から、いくつかの実際にあてはめることのできるものを引き出してみましょう。

子供は未来であるという、ほかならぬそのことからして、子供を敬虔の心によって過去に結びつけなければなりません。われわれは子供のために、最も実際的な、そして強い印象を与えるような形で、伝統を飾るべきです。そういうわけで、一つの教育や一つの家においては、年老いた人々や、思い出の崇拝や、ひいては、家庭の歴史が、特別な位置を占めるべきなのです。われわれが何事においても祖父母に名誉の位置を与えることは、われわれの子供たちに対して一つの義務を果たすことです。自分の父母が、あらゆる機会に、時には病弱であることもある年老いた祖父に対して、うやうやしい態度を示すのを見ることほど、子供に強い感化を及ぼすものはなく、またそれほど子供のうちに謙遜の情を発達させるものはありません。そこには事物についての永遠の教訓がこもっていて、この教訓にはどうしてもさからえないものです。

この教訓が全き力を発揮するためには、一つの家においては、すべての大人たちのあいだに暗黙の一致が存在することが必要です。子供の眼から見れば、大人たちはすべて互いに助け合うべき者であり、互いに尊敬し合い、理解し合うべきものなので、それでなければ教育的権威は失墜する恐れがあります。そして、これらの大人たちの中には、奉公人たちをも含めなければなりません。奉公人は大人なのです。ですから子供が奉公人に対して敬意を欠く場合には、自分の父や祖父に対して敬意を欠く場合と同様、尊敬の感情が傷つけられることになります。

子供が年長者に向って無礼な言葉や横柄な言葉をかける時には、その子供は子供のふみおこなうべき道を逸脱したものであり、両親がその子供に注意することを少しでも怠るならば、両親はやがて自分たち自身に対するその子供の振舞いによって、その子供の心の中に敵がはいりこんだことに気がつくでしょう。

子供は生れつき尊敬の念はあまり知らないものであるとして、その意見を裏づけるために、子供たちが人を尊敬しない幾多の例を挙げる者があれば、それは誤りです。実をいえば、尊敬の感情は子供にとっては一つの欲求なのです。子供の精神的存在はそれによってはぐくまれるのです。子供は何かを尊敬し讃嘆したいというあこがれを漠然と抱いています。けれども人々がこのあこがれを利用しないと、このあこがれは失われ腐敗します。われわれが団結せず相互に敬意を欠いていることによって、われわれわれ大人は、毎日、子供の眼に対して自ら信用を失い、またあらゆる尊敬すべきものに対する信用を子供に失わせています。われわれが子供に悪い精神を植えつけると、その結果はわれわれ自身に及ぶのです。

教育の障害となる偽善と傲慢

このような厄介《やっかい》な真理は、われわれがつくり出した主人と奉公人との関係においてほど強くあらわれることはありません。われわれの社会的あやまち、われわれの簡素と親切との欠如は、やがてわれわれの子供たちの頭上に落ちて来ます。われわれの家でささやかな人々を代表している奉公人たちに対する尊敬の念を子供たちに失わせるくらいなら、いっそ数千フランを失った方がましだということを理解するブルジョワは確かに稀です。とはいえそれほど真実なことはありません。仕来《しきた》りと距離――各人をしてその位置にとどまらせ、階層を守らせるところの、あの一種の社会的境界線を維持しようと思われるならば、好きなだけ維持されるがよろしい。それはよいことであるとわたくしも確信しています。ただ、われわれに仕えている人たちも、われわれと同じ人間だということを決して忘れてはいけません。

あなたはあなたの奉公人たちに一定の言葉づかいと態度とをおしつけていられるで

しょう。それは彼らがあなたに対して払うべき尊敬の外面的なしるしです。ではあなたはあなたの子供さんたちにも教えていらっしゃるでしょうか？　そしてあなた自身も採っていらっしゃるでしょうか？　あなたが奉公人たちから尊敬されたいと望まれるように、あなたも奉公人たちの個人的尊厳を尊敬している、ということを奉公人たちにわからせるような態度を？　人々が互いに尊敬し合うことは、健全な社会の欠くべからざる条件の一つですが、そうした相互的尊敬を学び身につけるための地盤は、いつでもあなたの家にあるわけです。それだのにこの地盤はあまりにも利用されないでいるのではないでしょうか？

あなたはなるほど人には尊敬を強要されます。けれども自分では人を尊敬なさらない。ですからあなたはたいてい奉公人たちから偽善的な態度で接しられるだけなのです。そしておまけに、全く思いがけない結果、すなわち子供たちに傲慢な心を植えつけたという結果になるのです。偽善と傲慢という二つの因子がいっしょになったのは、あなたが護ってやるべき子供たちの未来にとって大きな障害となるものです。ですからわたくしは、あなたがあなたの習慣と実際の行いとによって、尊敬の念をへらすようなことをされるのは非常な損失であるというのです。

あえて言いましょう。われわれの中のたいていの者は、尊敬の念をへらそうとして骨を折っているように思われます。どこででも、そしてほとんどすべての社会階級で、子供のうちにかなり悪い精神、相互蔑視の精神がはぐくまれているのが認められます。ここでは、たこの出来た手をし仕事着を着ている者は誰によらず軽蔑され、かしこでは、反対に、仕事着を着ていない者は誰によらず軽蔑されるといった工合です。このような精神で育てられた子供たちは、他日なげかわしい市民となるでしょう。ここには全く簡素というものが欠けています。この簡素というものによってこそ、一つの社会のいろいろな階級の善意の人々が、彼らを隔てる付随的な距離によって妨げられることなく、いっしょに協力することができるのですが。

階級の精神が尊敬の念を失わせるとすれば、党派の精神も、それがどんなものであろうと、劣らず尊敬の念を失わせます。ある種の社会では、子供たちは唯一つの祖国、すなわち自分たちの祖国や、唯一つの政治、すなわち自分たちの両親と先生たちの政治や、唯一つの宗教、すなわち教えこまれる宗教だけしか尊敬しないように育てられます。こんなふうで、祖国と、宗教と、法律とを尊敬する人間が出来るものと人々は本当に思っているのでしょうか？　われわれに関係のあるものや、われわれのものにしか及ばない尊敬の念が、果たして立派なものであるといえるでしょうか？　単純にもいい気になって、「尊敬の学校」と自ら僭称し、自分たち以外のものは何一つ尊敬しない徹底した党派性は奇妙なものです！　それは実は、「祖国は、宗教は、法律は、われわれだ！」というに等しいのです。このような教育は狂信を産みます。ところで狂信は反社会的誘因の唯一なものではないにしても、最悪の、しかも最も甚だしい反社会的誘因の一つなのです。

子供の生活を簡素に

心の簡素さが尊敬の欠くべからざる条件であるとすれば、生活の簡素さは尊敬の最上の学校です。あなたの財産状態がどんなであろうと、あなたの子供たちをして自分たちは他の人々にまさっていると思わせる恐れのあるものはすべてお避けなさい。たといあなたは子供たちにぜいたくな服装をさせることのできる身分であっても、子供たちの虚栄心を刺激して子供たちをそこなわないとも限らないことをお考えなさい。万一にも子供たちが、衆に抜きんでて上品に見えるためには凝った身なりをしてさえいればいい、と思いこむような禍いに陥らないようにしておやりなさい。そしてとりわけ、あなたの子供たちをすでに他の子供たちから隔てている距離を、あなたの子供たちの服装と習慣とによって、殊更《ことさら》に好んで際立たせないようになさい。子供たちには簡素な身なりをおさせなさい。もし、これに反して、優雅な身なりをさせて子供たちをよろこばせるためには、あなたは努めて節約をなさらなければならないのでしたら、その犠牲の精神はもっとよいことのために取っておかれるようにおすすめしたいのです。あなたの犠牲はあまり報いられない恐れがあるからです。あなたはもっと大切な生活必需品のために貯金しておかれた方がいいのに、あなたのお金を濫費しておられます。必ずや将来あなたは子供さんたちの忘恩を嘆かれるでしょう。

あなたの息子さんやお嬢さんたちに、あなたの資力以上の、また息子さんやお嬢さんたちの資力以上の生活をする習慣をつけさせることは、いかに危険なことでしょう！　第一にそれは経済的に非常な無理をすることですし、第二にそれはほかならぬ家庭のふところに軽蔑の精神を発達させることです。あなたがあなたの子供たちに小さな殿様のような身なりをさせ、自分たちは親のあなたよりもすぐれた者だと彼らに思いこませるならば、彼らがついにはあなたを侮るようになっても何の不思議がありましょう！　彼らはあなたに食べさせてもらっていながら、しかもあなたの家での生活を落ちぶれた生活として恥じるようになるでしょう。ところでこんなふうになった子供たちはひどく金がかかり、しかも何の価値もないのです。

親を軽蔑する教育

さらに、子供の教育の中には、子供たちが自分の両親や、自分たちがそのあいだで大きくなって来た環境や、習俗や、勤勉を軽蔑するようになる結果を産む教育がありま す。このような教育は禍いです。このような教育は、自分たちの根源、自分たちの生れ、自分たちの親族関係、要するに人間の根本的素質をなす一切のものから精神的に離れてゆく、不平不満を持つ人間の群を産み出すだけです。彼らを産んだたくましい木からひとたび切り離されると、彼らはその野心の風に迷わされて、枯葉のように地上をころがってゆきます。ある場所に行って積み重なり、発酵して腐ってゆく枯葉のように。

自然は飛躍するものではなく、ゆっくりと確実に進んでゆくものです。われわれの子供たちの生涯を準備してやる上でも、自然を真似ようではありませんか。進歩や前進を、宙返りと呼ばれるあの烈しい運動と混同しないようにしましょう。子供たちを育てるにあたっては、彼らがやがて父なる家の労働や、あこがれや、簡素の精神を軽蔑するようなことにならないようにしましょう。彼ら自身が万一、金持ちになったとしても、親であるわれわれの貧しさを恥じるというような、悪い誘惑に陥ることのないようにかねてから躾《しつ》けましょう。農民の息子たちが田畑を嫌悪し、水夫の息子たちが海を棄て、労働者の娘たちが財産家の一人娘に見られようとして、自分のけなげな両親といっしょによりも一人で街を歩く方を好む、といったような時には、社会はいかにも病的になっているのです。これに反して、社会の各員が自分の両親のしたこととほぼ同様なことを、しかし両親よりももっと立派に、向上を目ざして、しようと努めながらも、最初は両親よりもつつましい職務に甘んじて、それを良心的に果たしてゆく時には、その社会は健全なのです＊。

＊ ここで労働一般について、また労働の教育に及ぼす好結果について語るべきでしょう。けれども、この題目については、拙著『正義』、『青春』、『剛毅』などにおいて語りましたので、これらの書物を参照されることを望むにとどめます。〔原註〕

自由な人間をつくるための簡素さと厳しさ

教育は自由な人間をつくるべきです。もしあなたが子供たちを自由な人間に仕込もうと思われるならば、簡素にお育てなさい。そしてとりわけ、簡素に育てたからといって子供たちの幸福がそこなわれはしないかと心配するには及びません。それどころか、子供はぜいたくなおもちゃや、お祭騒ぎや、凝った楽しみをたくさん持てば持つほど、愉しい思いをすることが少いものなのです。それには一つの確かなしるしがあります。若い人たちを愉しませ慰める手段をやたらにふやさないようにしましょう。そしてとりわけ不自然な欲望を軽々しく生ぜしめないようにしましょう。衣も、食も、住も、気晴らしも、すべてがなるべく複雑なものではなく、なるべく自然なものでありますように。

子供たちの生活を愉しいものにしてやろうとして、ある種の両親は子供たちに食いしん坊の習慣と怠け癖とをつけ、子供たちの年齢と両立しない刺激を覚えさせ、やたらに人を招待したり演芸を見せたりするものです。これはすべて何という忌まわしい贈物でしょう。こんなことでは、自由な人間ではなく、奴隷が育つことになるでしょう。ぜいたくに慣れすぎて、子供はぜいたくに飽くでしょう。しかも何かの理由で安楽な生活が出来なくなると、子供は不幸になるでしょうし、子供とともにあなたも不幸になるでしょう。そして、最も悪いことには、あなた方は恐らくみんな、人生の重大な場合に臨んで、単なる卑劣さから、人間の尊厳と、真理と、義務とを犠牲にする気になるでしょう。

ですからわれわれの子供たちを簡素に、いや厳しく育てましょう。子供たちを鍛え、不自由な目にさえ遭わせましょう。子供たちは御馳《ごち》走《そう》やベッドの心地よさを味わうようによりも、固いベッドに寝、疲れに堪えるように仕込まれていてほしいものです。こうすればわれわれは、子供たちを信頼のおける独立不羈のしっかりした人間につくり上げることができましょう。いくらかの安楽と引き換えに自分を売るようなこともなく、しかも幸福を享ける力を誰にもましてめぐまれている人間に。

あまりにも安易な生活は生活力に一種の倦怠《けんたい》をもたらします。人はすれっからしとなり、幻滅を感じた人間となり、何をしても楽しまない若年寄となります。今日、この種の子供や若者がどんなに多いことでしょう。彼らの上には、忌まわしい黴《かび》のように、われわれの老衰や、われわれの懐疑主義や、われわれの数々の悪徳の跡形と、彼らがわれわれといっしょにいてつけた数々の悪い習慣とが、置かれているのです。これらの萎《しお》れた若者たちは、われわれ自身をいかに反省させることでしょう！　これらの若者たちの額には、いかに多くの警告が刻まれていることでしょう！

これらの影のような人間はほかならぬ真の生活者との対照によって、われわれにこう告げています。すなわち、幸福とは真の生活者たるに在るということ――活動的で、果断で、情念のくびきや、不自然な欲望や、病的な刺激などに汚されず、日光や呼吸する空気を楽しむ力をその肉体に蔵しており、けなげなもの、簡素なもの、美しいものの一切を強く愛し感得する力をその心に蔵しているところの、真の生活者たるにあるということを。

率直さを身につけさせる

不自然な生活は、不自然な思想とはきはきしない言葉とを産みます。健全な習慣、強烈な印象、現実との不断の接触は、おのずと率直な言葉をもたらします。嘘は奴隷の悪徳であり、卑劣な人々や柔弱な人々の隠れ家です。誰であれ自由でしっかりした人は威勢よく働く人でもあります。われわれの子供たちをはげまして、何でも遠慮なくいう大胆さを身につけさせましょう！

普通、世間ではどんなことをしているでしょうか？　大衆にとっては上品の同意語である画一を目ざして、人々は子供たちの性格をふみにじり、平準化しています。自分の精神で考え、自分の心で感じ、本当の自分を表現することは、何という無作法であり、何という片田舎風であるか、というわけです。――われわれ各人の存在理由をなす唯一のものを、われわれのうちにおいて絶えず圧しつぶす教育は、何という兇暴な教育でしょう！　われわれはこのような教育によってどれほど多くの人間を殺していることでしょう！

ある者は銃床でたたき殺され、またある者は二枚の羽蒲団のあいだでじわじわと窒息させられます。独立不羈な人間は、どうしても出来っこないようになっているのです。われわれは、小さい時分には、うつし絵や人形のようなものであれかしと望まれ、大きくなってからは、世間のすべての人と同じもの、すなわち自動人形でなければ、人に愛されません。この自動人形はその一つを見れば、すべてがわかります。こういうわけで、独創性と創意との欠如がわれわれに及んでいるのであり、平板と単調とが現代人の生活の特徴となっているのです。

真理はわれわれを解放してくれるでしょう。——自己に徹すること、ひびの入らない本音を遠慮なく吐くことを、われわれの子供たちに教えようではありませんか。誠実であることが必要なゆえんを子供たちに教えようではありませんか。そしてたといどんな重大なあやまちを犯しても、子供たちがそのあやまちを認めさえすれば、子供たちが自分の罪をかくさなかったことは、立派なことであったとしてやろうではありませんか。

素朴さの力を

教育者としてのわれわれの心づくしにおいては、率直さに加えるに素朴さをもってしましょう。少し粗野ではあるが、いかにもやさしくいかにも親切な、この、われわれの友である子供たちに対しては、できるだけの敬意を払いましょう。子供たちをおじけさせてはいけません。子供たちはひとたび一つの場所から逃げ去ると、ふたたび戻って来ることは滅多《めった》にないものです。素朴さは真理の姉妹であり、各人の固有の特質の守り手であるばかりではなく、教育的・啓示的な偉大な力でもあります。

われわれの周囲には実証主義者をもって自任する人々が多すぎるのではないでしょうか。ぞっとするような眼鏡と大きな鋏とで武装して、素朴な物をあばき出し、その素朴な物の翼《つばさ》を殺《そ》ぐ人々が。彼らは生活から、思想から、教育から素朴さを一掃し、夢の領域からまで素朴さを追っ払おうとする人々です。彼らは自分の子供たちを大人にしてやるとの口実の下に、子供たちが子供たちであることを妨げる者です。秋の果実が熟れるまでには、花や、匂いや、鳥の歌や、夢のような春の季節が必要でなかったかのように。

わたくしはあの素朴で単純な一切のもの——子供たちの渦巻形にちぢれた髪のまわりにひらひらしているあの無邪気な可愛いリボンだけでなく、伝説や、素朴な唄や、不思議の国と神秘の物語をもそっとしておいてほしいと思います。不思議なものについての意識は、子供にあって、無限なものについての意識の最初の形なのです。この無限なものについての意識なくしては、人間は翼を切られた鳥も同然です。子供たちから不思議なものを取りあげないようにしようではありませんか。低俗なもののうえに高く上る力を、そしてまた過ぎ去った代々《よよ》の敬虔な、胸を打つ象徴の数々を後になって評価する力を、子供たちに持ちつづけさせるために。あの象徴によってこそ人間の真理は、われわれの無味乾燥な論理では決して取って代えられない表現を見いだしているのです。

第十四章　むすび

現代の社会組織と個人

わたくしは簡素な生活の精神とその表われ方とを十分に示して、そこには一つの忘れられた力と美との世界があることを読者に垣間見てもらうことができたと思います。われわれの生活を邪魔している悪しき無用の物から解脱するだけの力を持った人々は、この世界を征服することができましょう。そうした人々は、いくつかの表面的な満足と、いくつかの子供っぽい野心をあきらめれば、人間は幸福を享ける力が増し、正義をふみおこなう力が増すということを、やがて覚えずにはいないでしょう。

これらの結果は公生活の上にと同じく私生活の上にも及びます。名を売りたいとの熱病的な傾向と闘い、自分の欲望の満足を活動の目的としなくなり、つつましい趣味へ、真実な生活へと立ちもどるならば、われわれは家庭を固めることになるのは異論の余地のないことです。そうなると、今までとちがった精神がわれわれの家の中に息づき、新しい習俗と、子供の教育にいっそう都合のよい環境とが出来ます。次第次第にわれわれの若者たちと娘たちとは、さらに高いと同時にさらに実現されやすい一つの理想へと導かれてゆくのを感じるでしょう。

　そしてこのような家庭内部の変化は、ついには公共の精神にも影響を及ぼすでしょう。一つの壁の堅固さが石の粒と、石をくっつけているセメントの密度とにかかっているように、公生活のエネルギーは市民の個人的な価値と市民の粘着力とにかかっています。現代の大きな未解決の問題は社会の要素、すなわち個人としての人間の教養です。現代の社会組織においては、すべてがわれわれをこの要素へとつれ戻します。この要素をなおざりにすることによって、われわれは進歩の利得を失う危険にさらされているのみか、最も根気強い努力をも却ってわれわれの敵に回す危険にさらされています。

　絶えず完全なものになってゆく機械のふところにあって、労働者自身の価値が低下するようなことがあれば、労働者が自由に動かしている機械が何の役に立つでしょう？　識見もなく良心もなく機械をあやつる労働者のあやまちが、それらの機械のほかならぬ性能の優秀さによって却って一段と悪くなるだけでしょう。近代の大きな機械のからくりは限りなくデリケートです。悪意や、拙劣や、腐敗は、かつての社会の多少とも幼稚な組織におけるとは異なった恐るべき混乱を近代の社会にもたらしかねません。ですからわれわれは、この機械化された近代の社会の動きに多かれ少かれ貢献すべき個人の性質に注意しなければなりません。

この個人はしっかりしていると同時に、柔軟であってほしいものです。そして、自分自身であるとともに同胞を愛する、という生活の中心的な掟に鼓吹されてほしいものです。この掟の影響の下では、われわれの内部のものもわれわれの外部のものも、すべてが簡素化され統一されます。この掟はみんなにとって同一のものであり、われわれはめいめいわれわれの行為をこの掟に引き戻すべきです。われわれの本質的な利害は相反するものではなく、同じものだからです。ですから簡素の精神を養えば、公生活における人と人との関係が、いっそう緊密になるでしょう。

公生活に見られる分解と損傷との諸現象は、みんな同一の原因に帰せられます。すなわち人と人との関係の堅固さと緊密さとの欠如です。階級、党派、郷土などの瑣々《ささ》たる利害の勝利や、個人的安楽の苛酷な追求が、社会の福祉をいかに害するものであるか、そしてその宿命的な結果として、個人の幸福をいかに破壊するものであるか、ということは決して十分には言いつくせないでしょう。各人が自分の個人的安楽だけに気をとられている社会は無秩序の組織されたものです。われわれの頑固な利己主義のどうにもならない紛争から得られる教訓はそれだけです。

われわれは、自分の家庭に名誉あらしめようとしてではなく、自分の家庭のために利益を求めようとしてのみ、自分の家庭を楯に取る人々にあまりにも似ています。社会のどんな階級においても、見られるのは自分の権利を要求する人々ばかりです。われわれはみんな債権者をもって任じており、自ら債務者であると認める者は誰一人ありません。われわれの同胞との関係は、愛想よい口調や横柄《おうへい》な口調で彼らに向い、彼らの負債をわれわれに払わせようとするにあります。このような精神では何一つ立派なものに達せられるわけはありません。けだしそれは実は特権の精神であるからです。公共の掟の永遠の敵であり、同胞同士の理解に対する絶えず新しく生れてくる障害であるところの、特権の精神であるからです。

「記憶せよ、忘れよ！」、そして結びあう

ルナンさんは一八八二年のある講演（「国民とは何か？」）で、国民とは「一つの精神的家族」であると言い、そしてこうつけ加えました。「国民の本質とは、すべての個人が多くのものを共有しており、またみんなが多くのものを忘れたということである」と。

過去においてのみならず毎日の生活においても、何が忘れなければならないものであり、何が記憶しなければならないものであるかを知ることが大切です。われわれを互いに分け隔てるものはわれわれの記憶の中にたくさん残っているのに、われわれを結びつけるものはわれわれの記憶から消えてゆきます。われわれは誰でも、記憶の中の最もはっきりしている箇所で、自分の付随的な特質、すなわち自分は耕作者であるとか、産業者であるとか、学者であるとか、役人であるとか、プロレタリアであるとか、ブルジョワであるとか、あるいはまた何かの党員であるとか、門徒であるとかといったようなことを、強く鋭く意識しています。けれどもわれわれの本質的な特質、すなわち同じ国の子であり人間であるということについての意識は、われわれの記憶の闇の中に追いやられています。そしてわれわれはこの本質的な特質については、辛うじて理論上の概念を持っているにすぎないのです。

そのため、われわれの心を占め、われわれにかくかくの行為を命じるものは、まさしくわれわれを他の人々から隔てるものであるということになり、国民の魂ともいうべきあの結合の精神は存在の余地がなくなるのです。

さらにまた、われわれは好んで、われわれの同胞の精神に悪い記憶を植えつけることにもなります。利己的で、排他的で、高慢な精神に燃えた人々は、毎日、互いに感情を傷つけ合います。彼らは出会えば必ず、自分たちが分れており敵対し合っているということを相手に意識させずにはおかないのです。こうして彼らの記憶の中には、相互的な悪意や、警戒心や、怨みが徐々に積み重なってゆきます。これはすべて、悪い精神の結果なのです。

　このような悪い精神をわれわれの環境から一掃しなければなりません。「記憶せよ、忘れよ！」――われわれは毎朝、われわれのすべての交際関係や、すべての職務において、自分自身にこう言いきかせなければならないでしょう。本質的なものを記憶し、付随的なものは忘れよ！　もし最もささやかな人も最も高い地位にある人も、この精神によって養われたならば、人は市民としての義務をどんなにかいっそうよく果たすことでしょう！　そして隣人の心に親切な行為の種を蒔いたならば――隣人が我にもあらず、胸に憎悪を抱いて、「覚えておけ、これは決して忘れないぞ！」と言わざるをえないような仕打ちを隣人に対して加えることがなかったならば、人は隣人の心にどんなにかよい思い出を植えつけることになるでしょう。

　簡素の精神はいかにも偉大な魔術師です。それはとげとげしいところを矯《た》め、クレヴァスや深淵の上にも橋をかけ、人々の手と心とを結びつけます。簡素の精神のこの世における形には無数のものがあります。けれどもそれは地位や、利害や、偏見などという宿命的な障壁を越えてあらわれ、最悪の障害にも打ち勝って、どの点からしても隔てられているように見える人々を、互いに理解させ、尊敬させ、愛させる時ほど、賛嘆すべきものに思われることはありません。これこそ本当の社会的結合要因なのです。そしてそれによってこそ一つの国民は成るのです。

解説

祖田　修

本書の時代背景

本書は、一八九五年、丁度百年前の一九世紀末に書かれたが、やはり時代の状況を敏感に反映している。

一九世紀後半といえば、工業的発展と都市の拡大はいっそう高度かつ現実のものとなった。しかし、各国内では資本と労働の対立がしだいに深刻化し、労働運動は激しくなり、社会主義思想の影響も大きくなりつつあった。いわば自由資本主義の矛盾が、いよいよ深刻化していたのである。その国内矛盾を克服するためにも、各国では改めてナショナリズムが台頭し、国外への進出をはかった。こうして世界資本主義は、後発のドイツ、イタリー、日本などを加えて、列強諸国による世界分割と支配、そして対立という帝国主義的段階に入った。

確かにかつてより物的には豊かになったものの、どこか社会は経済も政治も国際関係も不安定で、先行きには暗雲がたれ込めているかのようであった。やがて二〇世紀にはいると、現実にますます貧富の差は拡大し、労資の対立は深まり、一部に社会主義国が誕生し、諸国間の戦争が頻発するのである。当然のことながら、各個人の考え方や生き方は拠り所を失い、種々のカルト的な宗教が生まれ蔓延した。一九世紀末の世界は、大きな時代潮流の転換点にあり、その内容は異なるものの、ある意味では現代の状況と類似している。

そのような時代のはざまに、本書は書かれたのである。

人間らしく生きるために

本書の著者ヴァグネルは、元々キリスト教会の牧師であり、キリスト教の教えがしばしば登場する。しかし彼は、やがて独立不羈の自由な立場から、広く宗教活動、社会事業活動、教育活動を展開した。したがって過去の教義や伝統に必ずしもこだわることなく、本当の人間とは何か、人間的に生きるとは何かといった、ごく日常的・根源的な問題に思いをめぐらし、簡潔かつ直截に切り込み、人々に訴えようとしたのである。

私はキリスト者ではない。しいて言えば仏教徒である。しかし、生家には仏壇があり、神棚があり、学校では孔子の文章を熱心に読んだのである。そしてクリスマスには子供に贈り物もするという、かつてドイツ人の友人たちから不思議の感をもってみられた存在である。だが本書はそのような宗教の区別を超えて、人間の本質に迫るものを持っている。

本書のいう簡素な生活とは、その言葉自体からすぐに想像されるように、節約的で質素な生活を、というだけではない。出来るだけ簡明な真実の中に自らの心身を保ち、ひそかにしかし毅然として日々を過ごし、自他共に光ある喜びの日々を送ろうとする希望の書なのである。それはごくありふれた事実や、日常的な心の動きから説き起こし、私たちを深い人間的洞察へと導き入れ、感動と感銘を与え、生きるエネルギーを与えてくれる、そのような不思議な書なのである。

簡素に生きるとは、その正反対の「複雑な生活」を避けるということである。著者は現代（一九〇〇年という世紀末）は、まことに複雑な様相を呈し、人々を息切れさせ、わななかせ、エネルギーを消耗させていると見ている。人間の欲望には「満足によって増大するという法則」があり、持てば持つほどますます欲求が膨らむとする。そこでは争いが起こり、執念深さが増していく。

人間が人間であるためには、そのような欲望の満足ではなく、「倫理的教養」の進歩にあることをしっかりと見据えなければならないとして、以下の議論を展開する。

それは日常的でありながら、人間生活の根底に迫るものばかりで、テーマは精神、思想、言葉、義務、欲求、楽しみ、営利精神、売名、家庭、美、交際、教育等々に及ぶ。

ヴァグネルは、人間の中で簡素でない者とは、物乞いのみに生きる人、詐欺師、寄食者などへつらったり、ねたんだりする人々、さらには野心家、ずるい男、女々しい男、けちん坊、傲慢な男、極端に洗練された男などであるという。これに対して簡素とは一つの精神状態であり、ひたすらあるべきものであろう、本来の人間であろうとする人を簡素な人だという。簡素な人々は、正義、愛、真理、自由、倫理的エネルギーなどで表現できる人間の宝物を通して、どこか崇高な目的や、広大な未来の予感を私たちに持たせてくれるのである。

そのような人は、良識、信頼、希望、善良さといった当たり前の日常的なものを思想とし、正しく考え、率直に語るのである。自分の利益になることしか言わない人、言うだけで満足し実行した気になる人が多すぎるという。

事実の掟　倫理の掟

私は、現代社会とくに二一世紀の社会では、権利と義務の関係が大きな問題になるだろうと考えている。なぜなら、どこを見ても権利の主張は最大限に、義務の履行は最小限にというのが、私たちの実態だからだ。ヴァグネルはこれを倫理上の問題と見て、「倫理の掟は人間がそれを尊重するにせよ、犯すにせよ、人間を支配している」と言い切っている。人はまず、ごく当たり前の人間として、つまり一市民、一人の親や子として、自分の単純な義務を果たし、しかる後に自由な考えを持つのがよいと言っている。

むろん人間の野心は、時として大きなことを夢見る、だがそれは辛抱強い準備、小さなことへの忠実さの上にしかない。生涯のつらい時期、自分の人生が難破船のごとくなったとき、人は甲板の破片や、櫂にしがみついても結構助かるものだ。「すべてが粉々に砕け散った後にも、なお何らかの破片が残されている」と言う。ヴァグネルは続けて「もはや何一つ失うものはないと思っているあなたは、他ならぬそのことによって、未だあなたに残っているものを失うことになるのです」と警告する。小さいと思える自分を大切にし、自分に出来ることに努力を怠らなければ、やがて人生は開けるものなのだと説く。思い当たるふしが多く、まことにその通りであろう。

ただ私たちが知っておかねばならぬのは、ヴァグネルの洞察では、ある人たちによって起こされた損害は、他の人々によって償われるという痛ましいこの世の掟である。ヴァグネルはつらく悲しく、惨めでさえあるこの事実の掟と、最終的にはいずれ真実によって裁かれる倫理の掟の二つによって世の中を語り、私たちの内なる愛を喚起し、私たちを助け起こし、勇気づけ、反省を促そうとしているように思われる。

私はこのくだりに、聖書中に見られる放蕩息子を許す親の愛の譬え話、また親鸞の「善人なをもて往生をとぐ、いはんや悪人をや」という悪人正機説を思い起こす。多くの人は、百八つの煩悩の海に浮きつ沈みつしながら、もがきつつ善に生きようとしている。真の自覚と反省においてこそ、この矛盾や逆説は理解されよう。

欲望膨張の果てに

次にヴァグネルは、人間の物質的欲求について考える。私たちが必需品と考えるものの数と性質は、弾力的で幅が広い。健全な食べ物、簡素な着物、衛生的な住居、清々しい空気と外での運動、こうした暮らしこそ大切であって、生活必需品の数と幸福とはイコールではないと、繰り返し強調する。そして「個人の発展と幸福とのためには、また社会の発展と幸福とのためには、人間が無数の生活必需品を必要とし、その必要を満たすことに専心することが有益であり、望ましいというのでしょうか？」と未来に疑問を投げかけている。

だがヴァグネルが危惧した未来としての二〇世紀は、まさに危惧したそのものの中へと、とめどなく埋没していったのである。一九二九年の大恐慌の後、これを解決しようとした経済学者ケインズは、資本主義の改変・再生に成功すると同時に、「むだの制度化」と呼ばれるほど、人類を物的欲望のるつぼへと導く結果になった。

ケインズは、世界資本主義諸国に起きた、自由市場社会の閉塞状況を救うため、①累進課税制の確立と所得の再分配による有効需要の増大、②赤字をいとわぬ財政投資、③公定歩合引き下げによる民間投資の刺激、④管理通貨制度の確立、そしてそれによる景気回復と失業の救済といった政策を打ち出した。失業を解決し、実際に効果的な需要をもたらすには、砂漠の真ん中に金塊を埋め、賞金を懸け、多くの人を宝探しに奔走させるのも妙案だ、などとさえ書いているのである。営利的精神の徹底発揚、人々の欲望喚起とその実現という、まさしくヴァグネルの最も危惧した世界へと、大きく舵を切ったのであった。

ヴァグネルのいう「野獣のような欲望は彼らの肉を食い荒らし、彼らの骨をうちくだき、彼らの血をすすって飽くことを知らない」社会、「彼らは自分の意志を自分の貪欲の奴隷となしてしまったために、自業自得の罰を受ける」社会へと進むこととなった。そしてそれは「行けば行くほど、その加速度に逆らえなくなる」と見通していた。そこでは品位は忘却され、気高い感情は麻痺し、節食や節制こそ自分を守るという摂理は全く無価値なものとなり、それどころか二〇世紀社会は、ケインズのいう「消費は美徳」を乗り越え、「浪費は美徳」の域にさえ突き進んだのである。

そして今日、地球環境問題やエネルギー問題、飽食と廃棄、森林の破壊等々の、人類の存亡そのものさえ問われる状況へと落ち込んでいる。すでに事態は判明し、分かってはいるが、引き返すことが出来ない。そして現在の六十億人類の七割は、なお先進国の目指してきた社会へと血眼になって突き進み、なおかつ九十億人時代へと向かっている。ヴァグネルが危惧した状況を、はるかに超えつつある。ヴァグネルが百年後の今、これを目前にすれば、自らが心配したことがあまりにも的中していること、そしてその結果現出した簡素な生活とはほど遠い、人類のあまりの惨状に立ちすくむに違いない。

またヴァグネルはすでに一九〇〇年に、医療の将来について、「人工呼吸や人工栄養、電流などの力」を借りる「不自然な手段」へと向かいつつあることを見抜いている。またこのように物があふれ、自らの生存を助ける諸手段を手にしながら、人類は真に楽しんでいるのか。そうではない。簡素な楽しみ、素朴さと伝統のうちにもある楽しさや喜びを、事もなげに捨て去って、ヴァグネルが嘆いた世界そのものの中へ、どっぷりとはまってしまっている。ヴァグネルの洞察は、広く深い。ヴァグネルは人が本当に楽しみ、お互いの間に安らぎと喜びがわき上がってくる簡素な態度について語っている。

人を喜ばせ自らも楽しむ

ヴァグネルは単刀直入に「自慢をやめよ」、「その場に居合わせぬ人の悪口をやめよ」と言うのである。私たちはすぐにも、そのような自他の日常の姿に思い当たるのである。真に自ら楽しみ、人にも楽しみを与えるには、「自我を鎖に繋いで放すな」と言うのである。何という簡明にして、かつ守ることの困難な日常的事実であろう。このような指摘と叙述にこそヴァグネルの「簡素な生活」の真骨頂があるように思われる。

私はある場所で、「人類は物的欲望の爆発から、精神的欲望の爆発へと進みつつあり、欲望の持って行きどころによっては、物的飢餓から精神的飢餓への移行が予見される」という報告をしたことがある。物づくりへのたゆまぬ情熱と必死の努力によって、わずか一代にして巨万の富を手にした実業家のA氏は、私の報告を聞いて、「その次がある。人間は人を喜ばせる喜びを持っている。これこそ人間最高の喜びであり、これあればこそ人間の救いがある」と喝破された。私は、そこに到達されたAという人の深さと、人間というものへの安心を改めて思ったのである。

私たちは人との関係において、子供に戻り、人間に戻り、「善良な笑いを取り戻す」ことを、ヴァグネルとともに願わずにはいられない。簡素な生活を目指す人間は、ここに極まるのである。

ヴァグネルは次いで、営利精神や世俗的名誉に関する、私たちの態度について語る。ヴァグネルは金銭の世界、商品とその売買の世界を否定するわけではない。それどころか私たちが生きていくのに、経済的活動は不可欠であるという。経済の中に住む以上営利的人間であることも避けられない。だが問題はそこからである。私たちが営利的人間として骨の髄までそこにとどまるならば、つまり「金さえあれば何でも出来る」と考えるようになった瞬間に、もはや人間の頽廃が始まっている。このような人間が増えたとき、簡素な生活と社会は失われ、複雑で困難な社会となる。

この世の宝——仕事と知られざる善

また私たちは財の欲望だけでなく、しばしば名誉欲のとりこになる。ほとんど世の人々すべてが、この自分の宣伝という毒におかされているという。中には、たとえ悪業によってでも、世に名を残したいなどという人物さえいる。世間的にどんなに地位を得た人でも、一皮むけば心の汚れた「酷薄」の人がいる。しかし底辺とみられる人の中にも、奥深い驚きの人がいる。

ヴァグネルは自分が故郷を出るときも、またやがて地位を得て戻ってきたときも、同じ道の端で何の変わりもなく、いつものように唄を口ずさみながら石を切り続け、同じ態度で言葉を交わしてくれる一人の男性に、深い畏敬の念を持つ。このような世に知られない「沈黙の労働」の人こそ、かけがえのない「この世の宝」であるという。私はこの話を読みながら、鈴木大拙著『日本的霊性』の中の「妙好人」と石切の人を重ね合わせていた。妙好人とは、とくに学問もないが、信仰心に厚く、ただ自然のままに人を生かし自らを生きている徳行の人である。

いつの世にあっても、またどのような宗教や教えにあっても、私たちが目を見張るべきはこのような人々の存在である。「人類の宝は世に知られぬ善である」と結論する。もし私たちが、第一列を歩むという何らかの名誉ある地位を得ることがあれば、「それだけ人一倍の心遣いをして、世に知られぬ善の内部の聖殿を、われわれの生活のうちに維持しよう」。心の内に「簡素と謙遜な忠実さという大きな礎石」を据えようというのである。これまた私たちにとって、簡単のようでしかし難しい心のありようはない。

これに対し、傲慢ほど簡素な生活の障害となるものはない。富からくる傲慢、権力からくる傲慢、知識からくる傲慢、これこそ簡素な生活の敵であり、人間の堕落であり、知識の自殺である。現代はある意味で、このような人間の「外面的な区別のむなしさを白日の下にさらして見せた」時代でもあると、ヴァグネルはいう。まさに二一世紀となった今もますますその感が深い。

そのこと自体は一つの前進であった。しかしそれに倍して失ったものもある。それは「尊敬の念の低下」である。「同じ人間だ」という考えは、礼節や感謝、尊敬の念を捨ててよいということではない。このようなギャップに、現在の私たちはますます悩まされる日々といえよう。だから私たちは注意深く、慎ましく、「よりよき者になろうとしているかどうか」、そこに区別のすべてを求め、真の人間的価値について敏感であることが要請されるのである。

幸福――心の簡素・生活の簡素

最後にヴァグネルは、子供という者は、尊敬したいものを求める存在であるとの透徹した見地に立って、教育を論じる。子供の教育にあたって見られるのは、子供を親の補足物のように考え、親自身の満足を優先する教育、また逆に子供を尊重するあまり、甘やかし小さな帝王に育てる教育の、二つのパターンがいかに多いことかという。

真の教育は、「この小さな者は自分自身となり、同胞を愛する者となる」ことである。「自分の父母が、あらゆる機会に、時には病弱であることもある年老いた祖父に対して、うやうやしい態度を示すのを見ることほど、子供に強い感化を及ぼすものはなく、またそれほど子供のうちに謙遜の情を発達させるものはありません」と説いている。子供たちはそこに、事物についての永遠の教訓を、全身で読み取っているというのである。こうして家庭の重要さを訴えている。私など、省みてまことに忸怩《じくじ》たるものがある。

こうしてヴァグネルは、何の変哲もないが、しかし永遠の幸福の基礎を、心の簡素、生活の簡素に見いだすのである。「幸福とは真の生活者たるに在るということ――活動的で、果断で、情念のくびきや、不自然な欲望や、病的な刺激などに汚されず、日光や呼吸する空気を楽しむ力をその肉体に蔵しており、けなげなもの、簡素なもの、美しいものの一切を強く愛し感得する力をその心に蔵しているところの、真の生活者たるにある」とする。

このような簡素の精神こそ、幸福の源泉であり、現代のとげとげしく複雑な社会の深淵に架橋し、人々の心をゆさぶり、結ぶものではないかと、私たちに問いかけて稿を終わっている。

今百年の時を超えてなお、本書は私たちの心に強く響くものを持っている。いやそれどころか、今まさにヴァグネルの提起したことを実践しなければ、個人も人類もあとのない時を迎えているとも言えよう。

（京都大学教授）

シャルル・ヴァグネル（Charles Wagner）

1852〜1918。フランスの宗教家・教育者。はじめプロテスタントの牧師となるが，のち教会を離れ「魂のふるさと」という寺院を創立，社会事業，初等教育の発展に貢献。著書に『正義』『青春』『剛毅』『炉ばたで』など多数ある。

大塚幸男（おおつか　ゆきお）

1909年佐賀県生まれ。九州帝国大学卒業。福岡大学名誉教授。専攻はフランス文学・比較文学。著書に『ヨーロッパ文学主潮史』『流星の人モーパッサン』などがある。1992年没。

講談社学術文庫

定価はカバーに表示してあります。

簡素《かんそ》な生活《せいかつ》

シャルル・ヴァグネル／大塚幸男《おおつかゆきお》 訳

2001年5月10日　第1刷発行
2003年3月20日　第5刷発行

発行者　野間佐和子
発行所　株式会社講談社
東京都文京区音羽2-12-21 〒112-8001
電話　編集部（03）5395-3512
販売部（03）5395-5817
業務部（03）5395-3615

装　幀　蟹江征治
印　刷　株式会社廣済堂
製　本　株式会社国宝社

ISBN4-06-159486-9

「講談社学術文庫」の刊行に当たって

これは、学術をポケットに入れることをモットーとして生まれた文庫である。学術は少年の心を養い、成年の心を満たす。その学術がポケットにはいる形で、万人のものになることは、生涯教育をうたう現代の理想である。

こうした考え方は、学術を巨大な城のように見る世間の常識に反するかもしれない。また、一部の人たちからは、学術の権威をおとすものと非難されるかもしれない。しかし、それはいずれも学術の新しい在り方を解しないものといわざるをえない。

学術は、まず魔術への挑戦から始まった。やがて、いわゆる常識をつぎつぎに改めていった。学術の権威は、幾百年、幾千年にわたる、苦しい戦いの成果である。こうしてきずきあげられた城が、一見して近づきがたいものにうつるのは、そのためである。しかし、学術の権威を、その形の上だけで判断してはならない。その生成のあとをかえりみれば、その根は常に人々の生活の中にあった。学術が大きな力たりうるのはそのためであって、生活をはなれた学術は、どこにもない。

開かれた社会といわれる現代にとって、これはまったく自明である。生活と学術との間に、もし距離があるとすれば、何をおいてもこれを埋めねばならない。もしこの距離が形の上の迷信からきているとすれば、その迷信をうち破らねばならぬ。

学術文庫は、内外の迷信を打破し、学術のために新しい天地をひらく意図をもって生まれた。文庫という小さい形と、学術という壮大な城とが、完全に両立するためには、なおいくらかの時を必要とするであろう。しかし、学術をポケットにした社会が、人間の生活にとってより豊かな社会であることは、たしかである。そうした社会の実現のために、文庫の世界に新しいジャンルを加えることができれば幸いである。

一九七六年六月　　　　野間省一

人生・教育

渡部昇一著
「人間らしさ」の構造
戦後の日本において自分の外にある価値体系は崩壊し、人々は「自分の内側」に価値を求めざるをえない状況にある。本書は性善説の立場から、日本人の生きがいとは何かを追求したユニークな現代文明論。
143

村井　実全訳・解説
アメリカ教育使節団報告書
戦後日本に民主主義を導入した決定的文献。臣民教育を否定し、戦後の我が国の民主主義教育を創出した不朽の原典。本書は、「戦後」を考え、今日の教育問題を考える際の第一級の現代史資料である。
253

小堀桂一郎訳・解説
森鷗外の『智恵袋』
文豪鷗外の著わした人生智にあふれる箴言集。世間へ船出する若者の心得、逆境での身の処し方、朋友・異性との交際法など、人生百般の実践的な教訓を満載。鷗外研究の第一人者による格調高い口語訳付き。
523

サミュエル・スマイルズ著／中村正直訳（解説・渡部昇一）
西国立志《さいこくりっし》編《へん》
原著『自助論』は、世界十数ヵ国語に訳されたベストセラーの書。「天は自ら助くる者を助く」という精神を思想的根幹とした、三百余人の成功立志談。福沢諭吉の『学問のすゝめ』と並ぶ明治の二大啓蒙書の一つ。
527

新《に》渡《と》戸《べ》稲造《いなぞう》著（解説・佐藤全弘）
自《じ》警《けい》録《ろく》　心のもちかた
日本を代表する教育者であり国際人であった新渡戸稲造が、若い読者に人生の要諦を語りかける。人生の妙味はどこにあるか、広く世を渡る心がけは何か、全力主義は正しいのかなど、処世の指針を与える。
567

貝原益軒著／伊藤友信訳
養《よう》生《じょう》訓《くん》　全現代語訳
大儒益軒は八十三歳でまだ一本も歯が脱けていなかった。その全体験から、庶民のために日常の健康、飲食飲酒色欲洗浴用薬幼育養老鍼灸など、四百七十項に分けて、噛んで含めるように述べた養生の百科である。
577

F・グィッチャルディーニ著／永井三明訳
フィレンツェ名門貴族の処世術　リコルディ

ルネサンスを生き抜いた名門貴族の回想録。十五世紀、フィレンツェの貴族に生まれた筆者が、フランスのイタリア侵略後の動乱期をどう乗り越えたかを記した歴史的名著。現代にも通ずる冷静な野心家の処世術。

1331

ジョン・デューイ著／市村尚久訳
学校と社会・子どもとカリキュラム

デューイの教育思想と理論の核心を論じる。学校を小型の共同社会と捉え、子どもの主体性と生活経験の大切さを力説する名論考。シカゴ実験室学校の教育成果から各教科の実践理論と学校の理想像を提示する。

1357

立川昭二著（解説・向井承子）
生と死の現在　病いをめぐる現代の民話

人は病むとき何を求めるか。病気に苦しみ、死に直面した時、人は救いを求めて様々な物語を紡ぎ出す。民間信仰から最先端の現代医療まで、病いと医の現場に隠された「現代の民話」をさぐる癒しの文化論。

1365

福沢諭吉著／林　望監修
女大学評論・新女大学

大文字版

福沢諭吉の女性、家族に関する鋭い批評眼。貝原益軒の『女大学』に説く「婦人は夫に従うもの」という思想を徹底的に批判、新しい女性の生き方を提唱した福沢諭吉の小論。一〇〇年前とは思えない進歩的思想。

1472

シャルル・ヴァグネル著／大塚幸男訳／祖田　修監修
簡素な生活　一つの幸福論

百年前に書かれた今に通ずる人生の指針。本当に人間らしい生き方とはなにか。目の前の贅沢な物に惑わされず、「低く暮らし、高く思う」ための簡素な精神を主張する。世界的ミリオンセラーを再び世に問う。

1486

諸橋轍次著
乱世に生きる中国人の知恵

大文字版

漢学の泰斗が語る中国四千年の英知の結晶。悠遠な中国史の中に脈々と流れる精神の遺産。多数の故事名言と古代中国の賢哲の教えを自在に援用し、中国人の本質を抉り、人生の指針となる豊富な知恵を教示する。

1514

哲学・思想

哲学入門
田中美知太郎著（解説・森　進一）
哲学とはなにかを問い、いっぽうでは哲学を難解な言葉から解放して、平明な文章で一般の読者に語りかけることは至難のわざである。本書は、こうした著者の努力がみごとに結晶した珠玉の講話集である。
40

論語について
吉川幸次郎《よしかわこうじろう》著（解説・戸川芳郎）
杜甫の詩とともに、『論語』をこよなく愛する著者が、収録の四論述をとおし、『論語』の真髄は何かを語り、文章の美しさをほめ、そして、『論語』のことばによって、孔子の生涯を鮮やかに浮きぼりにする。
61

哲学案内
谷川徹三著
哲学はなぜ難解と言われるか。そこには哲学への誤解がありはしないか。本書はソクラテスから現代の哲学までの歩みを語りつつ、哲学研究に不可欠な基本的諸問題を深く掘り下げ、哲学への道を案内する。
157

論語講義（一）～（七）
渋沢栄一著（解説・石川梅次郎）
明治政財界の大立者の手になる異色の論語講義。「論語と算盤」説なる独特の経済＝道徳一体論を展開する一方、維新、明治新政の動乱期について語る体験談や人物論は、興味津々の歴史証言である。（全七巻）
186～192

言志四録《げんししろく》（一）～（四）
佐藤一斎著／川上正光全訳注
江戸時代後期の林家の儒者、佐藤一斎の語録集。変革期に於ける人間の生き方に関する問題意識で貫かれた本書は、今日なお、精神修養の糧として、また処世の心得として得難き書と言えよう。（全四巻）
274～277

講孟箚記《こうもうさつき》（上）（下）
吉田松陰《しょういん》著／近藤啓吾全訳注
本書は、下田渡海の挙に失敗した松陰が、幽囚の生活の中にあって同囚らに講義した『孟子』各章に対する彼自身の批判感想の筆録で、その片言隻句のうちに、変革者松陰の激烈な熱情が畳み込まれている。
442・443

《講談社学術文庫　既刊より》